Virginia W

자기만의 방

자기만의 방

A Room of One's Own

버지니아 울프

박산호 옮김

시공사

일러두기

1 이 책은 1929년 영국 호가스 출판사에서 출간된 버지니아 울프의 《자기만의 방A Room of One's Own》을 우리말로 옮긴 것이다.

2 번역은 펭귄북스 모던클래식 시리즈의 《자기만의 방·3기니A Room of One's Own & Three Guineas》(Penguin Books, 2000)를 대본으로 삼았다.

3 지은이의 주와 옮긴이의 주는 본문 하단에 표시했으며, 말머리에 [원주]라고 밝힌 것은 지은이의 주이고, 그 밖의 것은 옮긴이의 주이다.

차례

자기만의 방[1]

1 [원주] 이 에세이는 1928년 10월 뉴넘 대학의 예술협회와 거턴 대학의 '오드타'에서 낭독한 두 개의 강연문을 토대로 한 것이다. 그 강연문들은 전문을 싣기에는 너무 길어서, 이후 강연문의 내용을 수정하고 확장했다. (거턴과 뉴넘은 모두 케임브리지 대학교의 여자 대학—옮긴이)

1

하지만 '여성과 픽션'에 대해 이야기해달라고 요청했는데 자기만의 방이라니, 대체 그게 그 주제와 무슨 관계가 있냐고요? 설명을 해보겠습니다. '여성과 픽션'에 대해 강연하라는 요청을 받았을 때 나는 강둑에 앉아 그 단어들이 무엇을 의미하는지 생각하기 시작했습니다. 그것은 그저 패니 버니에 대해 몇 마디 언급하고, 제인 오스틴에 대해 더 많이 말하고, 브론테 자매에게 찬사를 바친 뒤 눈 덮인 하워스 목사관을 묘사하고, 가능하다면 미트퍼드 양에 대해 재치 있는 말을 몇 마디 하고, 조지 엘리엇에 넌지시 경의를 표하고, 개스켈 부인을 언급하는 것으로 충분할 수도 있겠지요.[2] 하지만 다시 생각해보면 그 단어들은 그리 단순해 보이지 않았습니다. '여성과 픽션'이라는 제목은, 여러분은 그런 의미로 말했을 수도 있는데, 여성과, 여성이 과연 어떤 존재인가를 의미할 수 있습니다. 혹은 여성과, 여성이 쓴 픽션을 의미할 수도 있지요. 아니면 여성과, 여성에 대해 쓰인 픽션을 뜻할 수도 있겠고요. 어쩌면 이 세 가지가 아주 밀접하게 섞여 있기 때문에 내가 각각의 관점에서 이 문제를 고려해보길 원했을 수도 있습니다. 그러나 그중 가장 흥미로워 보이는 마지막 방법으로 그 주제를 숙고하기 시작하자, 곧 치명적인 결함이 보였습니다. 결코 결론에 도달할 수 없을 것이라는, 그러니까 강연자의 첫 번째 의무를 완수할 수 없을 것이란 사실을 알게 된 것이

2 언급된 인물들은 모두 18~19세기 활동한 영국의 여성 작가들이다. 프랜시스(패니) 버니는 가정 소설을 많이 써서 제인 오스틴에게 영향을 미쳤고, 메리 러셀 미트퍼드는《우리 마을》을, 조지 엘리엇(본명은 메리 앤 에번스)은《미들 마치》를, 엘리자베스 개스켈은《남과 북》을 대표작으로 남겼다.

지요. 한 시간 동안 진행된 강연을 마친 후 여러분이 공책에 적어 벽난로 위 선반에 영원히 보관할 만한 진실 한 조각을 전해야 하는 임무 말입니다. 내가 할 수 있는 일이라면 한 가지 사소한 문제에 대한 제 의견, 즉 여성이 픽션을 쓰려면 돈과 자기만의 방이 있어야 한다는 의견을 제시하는 것입니다. 앞으로 차차 알게 되겠지만 이런 견해를 전개하자면 여성의 본성과, 픽션의 본질이라는 거대한 문제는 해결하지 못한 채 남겨두게 됩니다. 내가 이 두 가지 문제에 대해 결론 내려야 하는 의무를 회피했기 때문에 여성과 픽션의 본질은 미제로 남게 됩니다만, 대신 이를 보상하기 위해 내가 방과 돈에 대해 어떻게 이런 생각을 하게 됐는지를 최선을 다해 설명해보겠습니다. 그 사고의 흐름을 가능한 한 충실하고 자유롭게 묘사해볼까 합니다. 아마도 이 서술의 이면에 깔려 있는 내 생각이나 편견을 드러내면, 그 가운데 어떤 것은 여성과, 또 어떤 것은 픽션과 관련이 있음을 알게 될 것입니다. 어쨌든 어떤 주제가 상당한 논란을 불러일으킬 때, 성에 관한 문제가 항상 그렇듯 어느 한 사람이 진실을 밝히리라고는 기대할 수 없습니다. 다만 자신이 어떻게 그런 견해를 갖게 되었는지는 보여줄 수 있겠지요. 그런 식으로 강연자의 한계, 편견, 성향을 청중이 보고 관찰해 그 나름의 결론을 이끌어낼 수 있을 겁니다. 여러분은 딱딱한 강연보다 제가 앞으로 할 가공의 이야기에서 더 많은 진실을 찾아낼 수 있을 겁니다. 그래서 나는 소설가라는 자격과 소설가로서 누리는 자유를 이용해, 여기 오기 전 이틀 동안의 이야기를 들려드릴까 합니다. 오늘 해야 할 강연 주제의 무게에 부담스러워하면서도 제 일상을 통해 어떻게 지금의 견해를 갖게 됐는지에 대한 이야기입니다. 이제부터 내가 묘사하려는 대상들이 실재하지 않는다는 것은 말할 필요도 없겠지요. 옥스브리지는 가공의 대학이고, 퍼넘도 마찬가지입니다.[3] '나' 역시 가공의 인물일 뿐입니다. 내 입술에서는 거짓이 술술 흘러나오겠지만 어쩌면 거기엔 약간의 진실도

3 '옥스브리지'는 영국의 양대 명문인 옥스퍼드와 케임브리지를 합성한 것이고, '퍼넘'은 케임브리지의 여성 대학인 거턴과 뉴넘을 합성해 만든 이름이다.

섞여 있을 겁니다. 이 진실을 찾아내고 그중 어떤 부분이 간직할 만한 가치가 있는가를 결정하는 것은 여러분이 해야 할 일입니다. 아무 가치가 없다면 물론 이 이야기를 통째로 휴지통에 던져버리고 다 잊어버리겠지요.

자, 그러니까 '나'—나를 메리 바턴이나 메리 시턴, 혹은 메리 카마이클, 아니면 여러분이 좋을 대로 부르세요, 그건 전혀 중요하지 않으니까—는 한두 주일 전 날씨가 화창한 10월의 어느 날 강둑에 앉아 생각에 잠겨 있었습니다. '여성과 픽션'이라는 주제, 온갖 편견과 열정을 불러일으키는 이 주제에 결론을 내려야 한다는 부담감 때문에 고개를 푹 숙이고 있었지요. 내 좌우에 있는 황금색과 진홍색 수풀이 불빛에 빛나다 못해 타오르는 것처럼 보였습니다. 강둑 저쪽에서는 버드나무들이 어깨까지 머리카락을 길게 늘어뜨린 채 끝나지 않는 비탄에 잠겨 흐느껴 울고 있었습니다. 강물은 제멋대로 하늘과 다리와 타오르는 나무들을 골라 비추고 있었고요. 대학생 하나가 물 위에 비친 그림자들 사이로 보트를 저어 지나가자 곧 그 그림자들은 아무 일도 없었다는 듯 다시 강물 위로 떠올랐습니다. 그곳에서라면 생각에 잠긴 채 하루 종일이라도 앉아 있을 수 있었을 겁니다. '생각'(실제보다 더 그럴듯한 이름으로 부르자면)이 강물 속에 낚싯대를 드리웠습니다. 그것은 몇 분간 강물에 비친 그림자들과 수초들 사이에서 이리저리 흔들리며 물결을 따라 오르락내리락했지요. 그러다 불현듯 낚싯줄 끝에—그 미미하게 끌어당기는 힘을 여러분도 아시죠—어떤 생각 하나가 갑자기 끌려왔습니다. 그래서 조심스럽게 잡아당겨 살짝 펼쳐봤지 않겠어요? 아아, 풀밭 위에 내려놓자 나의 생각이란 것이 얼마나 작고 하찮아 보이던지. 노련한 어부라면 지금보다 더 살집이 붙어서 요리해 먹을 수 있을 만큼 커서 오라고 다시 물속에 놓아줄 만한 물고기였습니다. 그 생각이 뭐였는지에 대한 이야기로 여러분을 번거롭게 하지는 않겠습니다. 하지만 여러분이 주의 깊게 살펴본다면 이야기하는 과정에서 그 생각을 찾아낼 수 있겠지요.

그러나 아무리 작고 하찮았다고 해도 그 생각은 나름 신비로운 속성이 있어서 다시 마음속에 집어넣자 아주 흥미롭고 중요한 것이 되었습니다. 치솟았다가 가라앉고, 여기저기로 쏜살같이 움직이며 사방에 파문을 일으키는 생각 때문에 더 이상 가만히 앉아 있을 수 없었습니다. 그래서 나도 모르는 사이에 일어나 무시무시하게 빠른 속도로 잔디밭을 가로질러 걷고 말았지요. 그 순간 갑자기 어떤 남자가 나타나 나를 막아섰습니다. 처음에는 와이셔츠에 모닝코트를 걸친 기묘한 사내의 몸짓이 나를 향하고 있다는 사실을 알아차리지 못했지요. 그의 얼굴엔 경악과 분노가 서려 있었습니다. 그 순간 나를 도운 건 이성이 아니라 본능이었습니다. 그 사람은 이 대학에 속한 교구 직원이었고, 나는 여자였습니다. 내가 걷던 곳은 잔디밭이었고 보도는 저쪽에 있었습니다. 여기는 대학의 특별 연구원이나 학자만 들어올 수 있었기에, 내게 허용된 곳은 저 자갈길이었죠. 순식간에 이런 생각들이 떠올랐던 겁니다. 내가 다시 보도로 나가자 그 직원은 팔을 내리며 평소처럼 평온한 표정을 되찾았습니다. 사실 걷기엔 자갈길보다는 잔디밭이 더 낫고, 걷는다고 해서 잔디밭이 대단히 손상되는 것도 아니었는데 말이지요. 이 대학이 어디건 내가 그 대학 연구원들과 학자들에게 할 수 있는 유일한 비난은 300년 동안 길게 뻗어 있는 잔디밭을 보호한답시고 내 작은 물고기를 숨어버리게 했다는 점입니다.

그토록 대담하게 잔디밭으로 뛰어들도록 나를 추동한 그 생각이 무엇이었는지 이제는 기억이 나지 않습니다. 평화의 정령이 하늘에서 구름처럼 내려앉았습니다. 평화의 정령이 이 세상에 머무는 곳이 있다면, 화창한 10월의 아침 옥스브리지의 교정일 겁니다. 단과대학 사이를 천천히 거닐어 오래된 복도들을 지나치다 보니 조금 전의 불편했던 마음이 반듯하게 펴지는 것 같았습니다. 내 몸은 어떤 소리도 꿰뚫을 수 없는 신기한 힘이 있는 유리 상자 속에 들어가 있는 것 같고, 마음은 현실과의 접점에서 해방되어 (다시 잔디밭에 침입하지만 않는다면) 그 순간과 조화를 이루는 사색을 하며 자유롭게 쉴 수 있었습니다. 그 순간 우연히, 찰스 램이 긴 방학 동안에 옥스브리지를 다시 방문해서 썼다던 오래된 수필이 떠올라 그를 생각하게 됐습니다. 새커리[4]는 자신의 이마에 램의 편지 한 통을 대면서 그를 '성 찰스'라고 불렀다더군요. 실제로 모든 죽은 이들 가운데서(지금 나는 생각나는 대로 이야기하고 있습니다) 램은 나와 마음이 가장 잘 맞는 사람이고, 에세이를 어떻게 썼는지 말해달라고 묻고 싶은 사람입니다. 그의 에세이들은 맥스 비어봄의 글보다 훨씬 더 뛰어나기 때문이죠. 거칠게 번뜩이는 상상력과 중간중간 번개 치듯 빛나는 천재성 때문에 그의 에세이들은 완벽하지 않지만 동시에 그런 점들 덕분에 곳곳에서 시적인 아름다움이 반짝이고 있습니다. 램이 옥스브리지에 왔던 때는 아마 100년쯤 전일 것입니다. 분명 그는 이곳에서 밀턴의 시 원고 한 편을 보고 그것에 관한 에세이를(제목은 생각이 나지 않는데) 썼지요. 그게 아마 《리시다스》[5]였을 텐데, 램은 《리시다스》의 단어 하나라도 지금 우리가 보는 그 시와 달랐을 수 있다는 사실이 얼마나 충격적이었는지에 대해 썼습니다.

4 19세기 활동한 영국의 소설가 윌리엄 새커리.

5 영국의 대시인으로 존경받는 존 밀턴의 시.

밀턴이 그걸 하나라도 고쳤다는 생각마저 램에게는 신성모독으로 느껴진 겁니다. 이런 생각을 하면서 나는《리시다스》에서 기억할 수 있는 부분을 떠올려보면서 밀턴이 고친 단어가 어느 것이었을까, 그리고 고친 이유가 무엇일까를 추측하게 되었습니다. 그때, 램이 보았던 그 원고가 몇십 미터 떨어지지 않은 곳에 있으며, 사각형 안뜰을 가로질러 램의 발자국을 따라 그 보물이 있는 그 유명한 도서관으로 가볼 수도 있으리라는 생각이 들었습니다. 게다가 새커리의《헨리 에즈먼드》원고가 있는 곳도 바로 그 유명한 도서관이라는 사실이 불현듯 떠올라 나는 이 계획을 실행에 옮겼습니다. 비평가들은 보통《헨리 에즈먼드》가 새커리의 가장 완벽한 소설이라고 하지만, 내 기억으로는 18세기의 문체를 모방한 화려한 문체가 문제입니다. 실제로 18세기 문체가 그에게 자연스럽지 않았다면 말이죠. 이것은 원고를 살펴봐야 그런 식으로 개작한 것이 문체를 위해선지 아니면 의미를 위해선지 판단할 수 있는 사안입니다. 하지만 그러려면 무엇이 문체이고 무엇이 의미인지를 결정해야 하겠고, 이러한 질문은…… 그러나 이제 나는 정말 도서관 문 앞에 서 있었습니다. 그리고 분명 문을 열었을 겁니다. 흰 날개가 아닌 검은 가운을 펄럭이며 수호천사처럼 길을 가로막는 친절한 은발 신사가 바로 나타나지 않았더라면요. 그는 미안한 표정으로 내게 돌아가라고 손짓하며 여성이 이곳에 입장하려면 대학 연구원을 동반하거나 소개장을 가져와야 한다고 조용히 말했습니다.

한 여성이 유명한 도서관을 저주해도 그 유명한 도서관은 아랑곳하지 않습니다. 그 유서 깊고 고요한 도서관은 모든 보물을 안전하게 품은 채 평온하게 잠들어 있었고, 나와 관련해서 그것은 영원히 그럴 것입니다. 분노한 내가 계단을 내려오며 다시는 이 메아리들을 깨우지 않으리라, 다시는 날 받아달라고 요구하지 않으리라 맹세했으니까요. 아직 오찬까지는 한 시간이 남았습니다. 그러니 무엇을 해야 할까요? 강가의 풀밭을 산책할까? 강둑에 앉아 있을까? 아주 근사한 가을 아침이었습니다. 나뭇잎들이 붉은빛으로 펄럭이며 떨어졌지요. 무엇을 하든지 별 어려움이 없었습니다. 그런데 음악 소리가 들렸습니다. 예배나 축하 행사가 열리는 것 같았어요. 교회당 문을 지나갈 때 웅장하게 호소하는 오르간 소리가 들렸습니다. 기독교의 비애조차 그 고요한 공기 속에서는 슬픔 그 자체보다 슬픔의 회상처럼 들렸습니다. 오래된 오르간의 신음 소리마저 평화로움에 감싸여 있는 것처럼 들렸지요. 설사 내게 그럴 권리가 있다 하더라도 들어가고 싶은 생각은 없었습니다. 이번에는 교회당 안내인이 나타나 나를 가로막고 세례 증명서나 사제의 소개장을 내놓으라고 했을 테니까요. 그러나 이 웅장한 교회당 건물의 외부는 때로 내부만큼이나 아름답습니다. 게다가 사람들이 벌집 입구의 벌들처럼 떼 지어 들고 나면서 문 앞에서 바삐 다니는 것을 지켜보는 일도 충분히 재미있었습니다. 많은 사람들이 모자를 쓰고 가운을 입었고, 어깨에 모피 술을 늘어뜨린 이들도 있었습니다.[6] 휠체어로 운반되는 이들도 있었고, 아직 중년이 안 됐는

6 케임브리지 대학교의 학생복으로, 보통 각모와 가운을 착용했으며 가장자리에 토끼털을 두른 후드 가운도 있었다.

데도 아주 기묘하게 구겨지고 뭉개진 나머지, 수족관의 모래 속에서 힘겹게 오르내리는 거대한 게와 가재를 연상시키는 사람들도 있었습니다. 내가 벽에 기대어 서 있는 동안, 그 대학은 실제로 성역처럼 보였고 그 안에 보존된 희귀한 유형의 사람들은 스트랜드 거리의 포장도로 위에서 생존 경쟁을 하게 놔두면 곧 폐물이 될 것 같았습니다. 옛 학과장들과 교수들에 대한 오래된 이야기가 생각나더군요. 그러나 내가 휘파람을 불 용기를 내기도 전에—휘파람 소리가 나면 늙은 교수님이 즉시 뛰어왔다고 전해지지요—그 고상한 신도들은 안으로 들어가버리고 교회당 건물만 남았습니다. 아시다시피 그 높고 둥근 지붕과 첨탑들은 바다를 떠돌면서 영원히 어디에도 이르지 못하는 돛단배처럼, 밤에 불을 환하게 밝혀 언덕 너머 몇 마일 떨어진 곳에서도 보이지요. 아마도 옛날엔 이 반듯한 잔디밭이 있는 뜰과 거대한 대학 건물들과 교회당도 습지였을 것이며, 여기서 잡초들이 물결치고 돼지들이 코를 박고 먹을 것을 찾아다녔을 겁니다. 수십 마리의 말과 황소들이 머나먼 곳에서 수레에 돌을 싣고 와서 어마어마하게 품을 들여 내가 서 있는 곳에 그림자를 드리운 커다란 회색 건물들의 주춧돌 위에 순서대로 돌을 쌓았을 겁니다. 그다음에 도색공들이 창문에 끼울 유리를 가져왔고, 석공들은 몇 세기 동안 지붕 위에서 접착용품과 시멘트, 삽, 흙손을 들고 바삐 움직였을 것입니다. 토요일마다 누군가가 가죽 지갑에서 금화와 은화를 꺼내 그들의 손바닥에 떨어뜨렸겠지요. 그들도 하룻밤 정도는 마시고 놀아야 했을 테니까요. 돌이 끊임없이 들어오고 석공들도 계속해서 일하도록 금화와 은화의 물결이 쉴 새 없이 흘러들었을 것입니다. 하지만 그때는 종교의 시대였기에 단단한 토대 위에 이 돌들을 쌓느라 아낌없이 돈을 쏟아부었고, 여기서 찬송가를 부르고 학생들을 가르치라고 왕과 여왕과 귀족들의 돈궤에서 더 많은 돈이 들어왔을 겁니다. 토지가 하사되고 십일조 헌금이 걷혔습니다. 종교의 시대가 끝나고 이성의 시대가 도래했어도 금화와 은화의 물결은 계속되었습니다. 연구원 기금이 설립되고 강사직 기금이 기부되었습니다. 다만 이제 들어오는 금화와 은화는 왕의 금고가 아니라 상인과 제조업자들의 금고, 사업을 일으켜 재산을 모으는 기술을 전수해준 대학에 더 많은 의자와 강사 기금과 연구 기금을 기부하라고 유언장에 인심 좋게 지정해놓은 사람들에게서 흘러나왔지요. 그래서 몇 세기 전만 해도 잡초가 물결치고 돼지들이 코를 박고 다니던 곳에 도서관과 실험실이 세워지고 관측소가 설립되었으며, 오늘날 유리 선반 위에 고가의 정교한 도구들이 마련된 것입니다. 교정을 거닐다 보니 여기저기 깊숙이 박혀 있는 금과 은의 토대를 볼 수 있었습니다. 머리에 쟁반을 인 사람들이 바삐 계단을 오르내리고, 창가의 화분마다 화려한 꽃이 피어 있었습니다. 방 깊숙이 있는 축음기에서 노래가 크게 울려 나왔습니다. 뭔가가 떠올랐지만 그게 뭐든 곧 중단되었습니다. 시계가 울렸고, 오찬에 참석할 시간이 됐습니다.

신기하게도 소설가들은 오찬 파티란 항상 누군가의 재치 있는 한마디나 누군가의 현명한 행동 덕분에 기억에 남는 법이라고 믿게 만듭니다. 그러나 오찬에서 무엇을 먹었는지에 대한 이야기는 나오는 법이 없지요. 수

프와 연어와 오리고기는 전혀 중요하지 않은 것처럼, 그 누구도 식사를 하면서 담배를 피우지 않고 포도주도 마시지 않은 것처럼 수프나 연어, 오리고기에 대해서는 언급하지 않는 것이 소설가들의 관습입니다. 하지만 나는 그 관습에 도전해서 그날의 오찬은 넙치로 시작되었다는 것을 말해볼까 합니다. 대학 식당의 요리사가 듬뿍 바른 하얀 크림 사이로 사슴 옆구리의 반점처럼 여기저기 갈색 살을 드러낸 넙치가 우묵한 접시에 담겨 나왔습니다. 그다음엔 자고새 요리가 나왔습니다. 하지만 접시 위에 올라온 털 없는 갈색 새 두 마리를 떠올린다면 오해하셨습니다. 톡 쏘는 맛과 부드러운 맛이 감도는 다양한 소스와 샐러드를 곁들인 갖가지 새고기들이 차례차례 나왔으니까요. 동전처럼 얇지만 적당히 부드러운 감자가 나왔고, 장미 봉오리처럼 생긴 작은 양배추는 즙이 아주 많았습니다. 구운 고기와 곁들인 요리들이 끝나자, 묵묵히 시중들던 교구 직원이 좀 더 부드러운 표정으로 파도에서 추출한 것 같은 정교한 설탕 장식과 냅킨으로 꽃장식한 당과를 우리 앞에 내려놓았습니다. 그것을 푸

딩이라 부르면서 쌀이나 타피오카가 들어간 것 같다고 하면 그 당과에 대한 모욕이 될 것 같습니다. 그동안 노란색, 진홍색으로 빛나던 포도주 잔들은 비워졌다가 다시 채워졌습니다. 그렇게 등뼈의 절반쯤 내려간 곳, 영혼이 깃들어 있는 곳에서 서서히 불이 켜졌습니다. 그것은 뛰어난 재치라고 칭하는 작고 단단한 전기 불빛이 아니라 섬세하고 심오하게 타오르는 합리적인 교류의 노란 불꽃입니다. 서두를 필요가 없습니다. 재치 넘치는 사람이 될 필요도 없고, 자기가 아닌 다른 사람이 되려고 할 필요도 없어요. '우리 모두 천국에 갈 것이고, 반다이크도 여기에 있으니까.'[7] 다시 말해 고급 담배에 불을 붙이고 창가에 놓인 의자의 폭신한 쿠션에 깊숙이 파묻혀 있을 때, 인생은 아주 행복하고, 그 보상은 감미롭고, 이런저런 원한이나 불만은 별것 아닌 것 같고, 동류 사람들과의 교제와 우정은 아주 감탄스러워 보였습니다.

만일 운 좋게 재떨이가 가까이 있었더라면, 그래서

7 영국의 풍경화가인 토머스 게인즈버러가 남긴 마지막 말로 알려져 있다.

창밖으로 재를 떨어버리지 않았더라면, 그랬더라면 창밖의 꼬리 없는 고양이를 보지 못했을 겁니다. 잔디밭 위에서 부드럽게 사뿐사뿐 걷고 있는 꼬리 없는 짐승을 갑자기 보게 되자, 어떤 우연한 깨달음이 내 느낌의 밝기를 바꿔놓은 것 같았습니다. 누군가 갑자기 그늘을 드리운 것 같았지요. 순간 그 독일산 백포도주의 취기가 가시는 것 같았습니다. 잔디밭 한가운데 우뚝 멈춰 선 맹크스 고양이 역시 우주에 의문을 품고 있는 것 같은 모습을 바라보는 동안 확실히 무언가 결핍된 것 같고, 무언가 달라 보였습니다. 사람들의 대화를 들으며 나는 무엇이 결핍되어 있으며 무엇이 다른지를 스스로에게 물었습니다. 그 물음에 답하기 위해 이 방 밖으로 나가 과거로, 실제로는 전쟁 이전으로 돌아가서 이 방에서 그리 멀지 않은 방에서 열렸던, 그렇지만 이곳과는 다른 오찬을 생각해봐야 했습니다. 모든 것이 달랐습니다. 그곳에서도 내내 손님들의 대화는 계속됐습니다. 손님들의 대부분은 여성이고, 나머지는 다른 성이었습니다. 이들의 대화는 매끄럽게 유쾌하고 자유롭고 재미있게 흘러가고 있었습니다. 현재의 대화를 배경에 놓고 과거의 대화를 비교해보면, 하나는 다른 하나의 후예이며 적법한 계승자라는 것을 의심할 수 없습니다. 변한 건 없고, 달라진 것도 없었습니다. 다만, 여기서 나는 온 신경을 귀에 집중시켜 대화의 내용을 듣는 데 그치지 않고 그 이면의 웅얼거림 혹은 흐름을 들었습니다. 그래, 바로 그것이었어요. 달라진 것은 그것이었습니다. 전쟁 전에도 이런 오찬에서 사람들은 지금과 똑같은 이야기를 나누었겠지만, 그때는 다르게 들렸을 겁니다. 왜냐하면 그때 그 이야기들에는 어떤 콧노래 소리, 분명하지는 않지만 음악적이고 흥미진진해서 그 자체로 단어의 가치를 변화시켰던 소리가 있었기 때문입니다. 그 콧노래 소리를 말로 표현할 수 있을까요? 아마 시인이 도와준다면 가능할지도 모르겠군요. 나는 옆에 있는 책을 무심코 펼쳐 테니슨의 시를 읽었습니다. 그는 이렇게 노래하고 있었습니다.

문가의 시계꽃에서

반짝이는 눈물이 떨어졌지.

그녀가 오고 있네, 나의 비둘기, 나의 연인.
　그녀가 오고 있네, 나의 생명, 나의 운명.
붉은 장미가 소리치지, "그녀가 왔어, 가까이 왔어."
　백장미는 눈물을 흘리지, "그녀는 늦는데."
제비꽃이 귀 기울이지, "나는 들려, 들리는데."
　백합이 속삭이지, "나는 기다리고 있어."[8]

전쟁 전의 오찬 파티에서 남자들이 부른 콧노래가 바로 이것이었을까요? 그러면 여자들은?

내 마음은 노래하는 새
　둥지는 물오른 여린 가지에 있고.
내 마음은 사과나무
　가지는 무성한 과일로 늘어지고.
내 마음은 무지갯빛 조가비
　잔잔한 바다를 노 저어 가고.

8　19세기 영국 시인 앨프리드 테니슨의 장시 《모드Maud》의 일부.

내 마음은 이 모든 것보다 기쁘다네
내 사랑 나에게 왔기에.[9]

이것이 전쟁 전의 오찬에서 여자들이 부른 콧노래일까요?

전쟁 전의 오찬에서 사람들이 작은 소리로라도 그런 콧노래를 부르는 광경을 상상하니 너무 우스워 그만 웃음을 터뜨렸다가 맹크스 고양이를 가리키며 그런 행동을 변명해야 했어요. 잔디밭 한가운데 꼬리도 없이 서 있는 그 불쌍한 짐승은 조금 뜬금없어 보였으니까요. 그 고양이는 태어날 때부터 그랬을까요, 아니면 사고로 꼬리를 잃었을까요? 맨섬[10]에 꼬리 없는 고양이가 있다는 말도 있지만 생각보다는 귀한 동물이니까요. 그것은 아름답다기보다는 별나고 기묘한 동물입니다. 꼬리 하나

9 19세기 영국 시인 크리스티나 로세티의 시 〈생일〉의 일부.

10 맹크스 고양이의 이름이 유래된 곳으로 알려진, 잉글랜드와 북아일랜드 사이의 섬.

가 얼마나 큰 차이를 만드는지 참으로 놀라운 일입니다. 오찬이 끝나고 사람들이 코트와 모자를 걸치면서 어떤 인사를 나누는지는 말하지 않아도 알 겁니다.

이번 오찬은 주인의 환대 덕분에 오후 늦게까지 계속되었습니다. 아름다운 10월의 하루가 저물어가고, 내가 걸어가는 길의 가로수에선 나뭇잎이 떨어지고 있었습니다. 내 뒤에서 문들이 부드럽지만 단호하게 닫히는 것 같았습니다. 무수히 많은 교구 관리들이 기름칠 잘 된 자물쇠들에 무수히 많은 열쇠를 끼워 돌리고 있었습니다. 그 보물의 집은 다가오는 밤을 안전하게 지낼 준비를 마치고 있었습니다. 가로수 길을 지나자 (이름은 잊어버린) 어느 거리로 나서게 되었는데 거기서 모퉁이를 제대로만 돌면 퍼넘에 도달하게 됩니다. 시간은 충분합니다. 만찬은 7시 30분이 되어야 시작하니까요. 이렇게 든든한 오찬을 마친 후에는 사실 저녁을 건너뛰어도 상관없을 것 같습니다. 한 편의 시가 떠올라 그것에 박자를 맞춰 걷게 되다니 참 묘한 일입니다. 이런 시구죠.

문가의 시계꽃에서
　반짝이는 눈물이 떨어졌지.
그녀가 오고 있네, 나의 비둘기, 나의 연인.

내 혈관 속에서 노래를 부르는 동안 나는 헤딩리를 향해 성큼성큼 걸어갔습니다. 그런 뒤 물거품 이는 둑 가장자리로 가서 박자를 바꾸어 노래를 불렀습니다.

내 마음은 노래하는 새
　둥지는 물오른 여린 가지에 있고.
내 마음은 사과나무……

사람들이 어둠 속에서 그러듯 나는 큰 소리로 외쳤습니다. 정말 대단한 시인들이야!

조금은 질투를 느낀 것도 같습니다. 우리 세대를 생각해보니 말입니다. 이런 비교가 어리석고 터무니없다는 것을 알면서도 과거의 테니슨과 크리스티나 로세티만큼 위대한 현존 시인 두 명을 솔직하게 꼽을 수 있을지 궁금해졌습니다. 거품이 부글부글 이는 물결을 들여다보며 이런 비교는 확실히 가능하지 않다고 생각했지요. 사람들이 그 시인들의 시에 그렇게 열광하며 환호할 수 있었던 이유는 (아마 전쟁 전 오찬에서) 느꼈던 감정을 그 시들이 찬미하기 때문입니다. 그래서 그런 감정을 억제하거나 비교할 필요 없이, 편하고 자연스럽게 반응할 수 있었습니다. 그러나 현존 시인들은 실제로 우리의 마음속에 있는데도 동시에 억압되는 감정을 표현하지요. 우선 사람들은 그런 감정을 인지하지 못하는 데다 무슨 이유에서인지 두려워하는 경우도 종종 있습니다. 아니면 예리하게 관찰하고, 질투심과 의혹에 가득 차서 자신이 알고 있던 옛 감정과 비교를 하기도 합니다. 그래서 현대 시가 어려워지는 겁니다. 그리고 이러한 어려움 때문에 아무리 훌륭한 현대 시인의 시라도 두 행 이상을 연속해서 기억하기 힘듭니다. 기억이 나지 않으니 분석할 자료도 부족해서 내 머릿속에 떠오르던 생각은 시들해졌습니다. 그러나 나는 헤딩리를 향해 걸어가면서 왜 우리는 오찬에서 작은 소리로나마 콧노래 부르기를 그

만두었을까 생각했습니다. 왜 앨프리드는 다음과 같이 노래하기를 멈추었을까요?

> 그녀가 오고 있네, 나의 비둘기, 나의 연인.

왜 크리스티나는 더 이상 응답하지 않았을까요?

> 내 마음은 이 모든 것보다 기쁘다네
> 내 사랑 나에게 왔기에.

이 모든 것이 전쟁 탓일까요? 1914년 8월 총격이 시작됐을 때 서로의 얼굴이 서로의 눈에 너무도 선명히 비친 나머지 남녀 간의 로맨스가 살해되고 말았을까요? 확실히 포화의 불빛 속에서 통치자들의 얼굴을 보는 것은 (특히 교육과 그 밖의 것에 환상을 가진 여자들에게) 충격이었지요. 그들—독일인, 영국인, 프랑스인—은 너무 추하고 너무 어리석어 보였습니다. 그러나 무엇을 탓하건, 또 누구를 탓하건 연인이 온다고 그렇게 열정적으로 노래하도록 테니슨과 크리스티나 로세티에게 영감을 불어넣었던 환상이 전보다 아주 많이 희귀해진 것은 사실입니다. 이제는 다만 그런 시들을 읽거나 보고 듣거나 기억할 수 있을 따름이지요. 그러나 무엇 때문에 탓을 하는 겁니까? 만약 그것이 환상이라면, 환상을 파괴하고 그 자리에 진실을 되찾아놓은 그 참사를, 그것이 무엇이건 간에 찬양해야 하지 않을까요? 왜냐하면 진실은 . . . 이 세 개의 점들은 내가 진실을 추구하느라 퍼넘으로 가는 모퉁이를 놓쳐버린 장소를 표시하는 겁니다. 그래, 실제로 무엇이 진실이고 어느 것이 환상일까, 나는 자문했습니다. 예를 들어 지금 황혼에 붉게 빛나는 창문으로 축제를 벌이는 것 같은 어둑한 집들, 그러나 아침 9시면 사탕과 구두끈 같은 것으로 정신없고 지저분해질 그 집들의 무엇이 진실일까요? 그리고 버드나무와 강, 강으로 이어져 내려간 정원들, 지금은 슬금슬금 번지는 안개에 가려 희미하지만 햇빛에선 황금빛, 붉은빛으로 빛날 그것들 중에 어느 것이 진실이고 어느 것이 환상일까요? 이와 같이 복잡하게 얽힌 내 생각에 대한 이야기는 그만하겠습니다. 헤딩리로 가는 길에서는 어떤 결론도 찾을 수 없으니까요. 그저 내가 모퉁이를 잘못 돌았다는 사실을 깨닫고는 발걸음을 돌려 퍼넘으로 향했다고 상상해주세요.

앞에서 10월 어느 날이라고 미리 말했으니 새삼스럽게 계절을 바꿔서 정원 담벼락에 늘어진 라일락이나 크로커스, 튤립, 그 밖의 다른 봄꽃들을 묘사해서 픽션의 명성과 여러분이 품은 픽션에 대한 존중심을 감히 훼손하지는 않겠습니다. 픽션은 사실에 충실해야 하고, 사실이 진실에 가까울수록 픽션은 더욱 나아진다고 하지요. 그래서 지금도 여전히 가을이며 여전히 노란 나뭇잎들이 계속 떨어지고 있습니다. 아니 전보다 더 빨리 떨어지고 있지요. 지금은 저녁(정확히 말해서 7시 23분)이고 바람이(정확히 남서쪽에서) 불어오기 때문입니다. 그런데도 뭔가 묘한 분위기가 감돌고 있습니다.

내 마음은 노래하는 새
　둥지는 물오른 여린 가지에 있고.

내 마음은 사과나무
가지는 무성한 과일로 늘어지고.

아마도 그 어리석은 환상은—물론 그것은 그저 환상일 뿐인데—부분적으로는 크리스티나 로세티의 시구 때문이었겠지만, 정원 담벼락 너머로 라일락 꽃잎이 난분분하고 멧노랑나비가 이리저리 획획 날아가며, 꽃가루가 공중에서 흩날리는 느낌 때문이기도 했습니다. 어디에서 왔는지 알 수 없는 바람이 불어와 반쯤 자란 나뭇잎들을 띄워 올려 공중에서 은회색 섬광이 반짝였습니다. 색깔의 변화가 격렬해지고, 들뜨기 쉬운 심장의 고동처럼 자주색, 금색이 창유리에서 불타오르며 빛이 교차되는 시간이자, 무슨 이유에선지 세상의 아름다움이 드러났다가 곧 스러지는 순간이었습니다. (여기서 나는 문을 밀고 정원으로 들어갔습니다. 어리석게도 문이 열려 있었고 주위에는 교구 관리도 없었거든요.) 곧 스러질 세상의 아름다움에는 심장을 조각조각 잘라내는 두 개의 날, 즉 웃음의 날과 고통의 날이 있지요. 봄의 황혼에 물든 퍼넘의 정원은 확 트여 있었고, 수선화와 초롱꽃들이 기다란 풀밭에 여기저기 널려 있었습니다. 아마 한창때에도 제대로 관리된 적이 없었던 것 같은데 지금도 휘몰아치는 바람에 흔들리면서 뿌리가 뽑힐 듯 휘둘리고 있었습니다. 넘실거리는 파도 같은 붉은 벽돌들 사이에 떠 있는 배의 창문처럼 굴곡진 건물 창문들은 다급하게 흘러가는 봄의 구름 밑에서 서서히 레몬빛에서 은빛으로 변해가고 있었습니다. 누군가 해먹 안에 누워 있었습니다. 이렇게 흐릿한 빛 속에서 절반쯤 보이는 모습은 유령이라고 짐작해봄직도 하지만, 그 반쯤 보이던 누군가가 잔디밭을 가로질러 뛰었고—혹시 누가 그녀를 가로막지 않을까요?—위풍당당하면서도 한편으로 겸손해 보이는 사람이 바람을 쐬고 정원을 둘러보기 위해 나오기라도 한 듯 테라스에 나타났습니다. 이마가 넓고 허리가 굽었으며 초라한 옷을 입은 저 사람이 그 유명한 학자 J. H. 그녀일까요?[11] 정원 위에 드리운 스카프 같은 어둠이 별이나 칼에 갈기갈기 찢긴 것처럼 곳곳이 지독하게 어두웠습니다. 으레 그렇듯 봄의 심장을 찢고 끔

찍한 현실이 튀쳐나온 것처럼 말이죠. 왜냐하면 젊음이란……

수프가 나왔군요. 거대한 식당에서 만찬이 나오는 중입니다. 봄이 아니라 사실은 10월의 저녁이었습니다. 모두 모였지요. 식사가 준비돼서 수프가 나왔습니다. 평범한 고기 수프였죠. 상상력을 자극할 만한 건 없었습니다. 그 멀건 국물은 접시 바닥의 무늬도 들여다볼 수 있을 정도였지만 무늬는 없었습니다. 평범한 접시였죠. 이어서 쇠고기와 거기에 곁들인 녹색 야채, 감자가 나왔습니다. 이 소박한 삼위일체를 보자 진창인 시장 바닥에서 있는 소들의 궁둥이와 가장자리가 노랗게 시들어 말려 들어간 작은 양배추와 월요일 아침 그물주머니를 멘 여인네들이 값을 에누리하며 흥정하는 장면이 떠올랐습니다. 음식의 양은 그만하면 충분했고, 석탄 광부들은 이보다 더 초라한 식탁에 앉았으리라는 점을 알기 때

11 울프가 존경했던 문화인류학자이자 고전학자 제인 엘런 해리슨. 프로이트의 정신분석이론을 대중에게 널린 인물로, 울프가 이 강연을 한 해인 1928년 4월에 세상을 떠났다.

문에 이런 일상적인 음식을 불평할 이유는 없었습니다. 그리고 말린 자두인 프룬과 커스터드가 나왔습니다. 커스터드가 프룬을 조금은 보완해주었을지라도, 만약 누군가 프룬은 형편없는 야채("그건 과일이 아니잖아요")라서 수전노의 심장처럼 바싹 말랐을 뿐 아니라 80년 동안 스스로 포도주와 온기를 거부하고 가난한 자에게도 베풀지 않았던 수전노의 혈관에서나 흐를 법한 즙이 나온다고 불평한다면, 그것이라도 기꺼이 환영할 만한 사람들이 있다는 사실을 기억해야 합니다. 그다음엔 비스킷과 치즈가 나왔지요. 여기에 또 물병 인심이 후했습니다. 비스킷은 본래 퍽퍽한 것이고, 이 자리에 나온 비스킷은 그 본성에 아주 충실했으니까요. 그게 다였습니다. 식사가 끝났지요. 모두 의자를 뒤로 밀었고 회전문이 거칠게 열렸다 닫혔습니다. 이내 식사한 흔적이 모두 치워졌고 다음 날 아침 식사를 위해 식당이 정리됐습니다. 아래층 복도와 층계 위에서는 영국의 젊은이들이 문을 쾅쾅 닫거나 열고, 노래를 부르며 걸어 다녔습니다. 초대받은 손님 또는 이방인—퍼넘이라고 해서 트리니티, 서

머빌, 거턴, 뉴넘, 크라이스트처치 등의 대학들보다 내게 더 많은 권리를 주는 것은 아니니까요—이 "만찬이 그저 그랬어요"라고 말한다거나 "우리 둘만(우리, 즉 메리 시턴과 내가 지금 그녀의 응접실에 앉아 있었으니까요) 여기서 식사할 수 없을까요?"라고 말할 수 있을까요? 그런 말을 했더라면 나는 외관상 쾌활하고 대담해 보이는 이 대학의 내밀한 속살림을 엿보고 조사한 것 같겠지요. 아니, 그런 말은 도저히 못 합니다. 실제로 대화는 한동안 시들해졌습니다. 앞으로 100만 년이나 지나면 모를까, 마음과 몸, 두뇌가 각각의 칸막이 속에 따로 존재하는 것이 아니라 하나로 연결되어 있는 인간에게 양질의 저녁 식사는 좋은 대화를 나누는 데 대단히 중요합니다. 저녁을 제대로 못 먹으면 생각도 사랑도 잘 할 수 없고 잠도 잘 안 옵니다. 쇠고기와 프룬만 먹어선 등뼈의 램프에 불이 켜지지 않는 법이죠. 우리 모두는 아마 천국에 갈 것이고, 바라건대 다음 모퉁이를 돌면 반다이크가 우리를 기다리고 있었으면 합니다. 하루 일을 마치고 쇠고기와 프룬으로 저녁을 먹으면 이렇게 뭔가 부족한 것 같고 미심쩍은 마음이 드는 법입니다. 이곳에서 과학을 가르치는 내 친구는 다행히 개인 찬장이 있었고 그 안에 땅딸막한 술병과 작은 유리잔이 있어서(하지만 우선 넙치와 새고기로 시작했으면 훨씬 좋았겠죠), 우리는 불가로 의자를 끌어당겨 그날의 일상에서 입은 몇 가지 손해를 보상받을 수 있었습니다. 1~2분 정도 지나자 우리는 호기심과 흥미를 불러일으키는 모든 대상 속으로 자유롭게 들어갔다 나왔습니다. 그것은 누군가 없을 때 마음속에 생겼다가 다시 만나 같이 있게 되면 자연스럽게 흘러나오는 이야기로, 누구는 결혼을 했고 누구는 안 했다거나, 누구는 이렇게 생각하고 누구는 저렇게 생각한다거나, 누구는 지식을 얻어 향상되었으며 누구는 놀랍게도 타락했다든지 하는 이야기로부터 시작해서 자연스럽게 우리가 살고 있는 놀라운 세계와 인간의 본성으로 이어지는 온갖 생각이지요. 하지만 이러한 이야기를 나누는 와중에도, 부끄럽게도 나는 멋대로 내 마음속에 들어와 이 모든 생각을 자기가 원하는 방향으로 끌어가버리는 어떤 흐름을 깨달았습니다. 스페인이나 포르투갈에 대해서 또는 어떤 책이나 경마에 대해서 이야기를 할 수도 있지만 화제가 무엇이건 나는 이런 것들이 아니라 약 500년 전 높은 지붕 위에서 일하던 석공들의 모습에 관심이 쏠렸습니다. 왕과 귀족들이 거대한 자루에 보물을 담아 와서 땅 밑에 쏟아부었지요. 이 장면은 끊임없이 내 마음속에 되살아났고 그 옆에는 비쩍 마른 암소와 진창인 시장, 시들어빠진 채소, 노인의 심장이 나타났습니다. 사실 관련도 없고 아무 의미도 없는 이 두 그림이 끊임없이 같이 밀려와 서로 싸우면서 내 마음을 단단히 사로잡았습니다. 우리의 대화를 망치지 않는 가장 좋은 방법은 내 마음속에 떠오른 그림을 세상 밖으로 드러내는 것이었습니다. 운이 좋다면 그것은 윈저 궁에서 관을 열었을 때 부서져 가루가 돼버린 죽은 왕의 머리처럼 희미해지다 사라지겠지요. 그래서 나는 시턴 양에게 간단히 이야기했습니다. 몇백 년 동안 대학 교회당 지붕 위에서 일해온 석공들과, 어깨에 금은 자루를 지고 와서 땅속에 퍼부은 왕과 여왕과 귀족에 관해, 또한 다른 이들이 금은괴와 가공되지 않은 금덩어리를 내려놓은 곳에 오늘날에는 산업계의 재력가들이 수표와 증서를 내려놓는다는 사실을 말이지요. 저기 있는 대학들의 발밑에 그 모든 것들이 있다고 말했습니다. 하지만 우리가 지금 앉아 있는 이 대학, 이 붉고 웅장한 벽돌과 잡초가 무성한 정원 잔디밭 밑에는 무엇이 있을까? 저녁 식사 때 나온 그 소박한 그릇들 이면에는, 그리고 (미처 멈출 새도 없이 말이 나와버렸는데) 쇠고기와 커스터드와 프룬의 이면에는 어떤 힘이 있을까?

흠, 1860년이라, 메리 시턴이 입을 열었습니다. 아, 하지만 당신도 그때 사정을 잘 알잖아요, 그녀는 같은 이야기를 또 하는 걸 지겨워하면서 다음과 같이 말했습니다. "방을 여러 개 빌리고, 위원회를 열었지요. 봉투에 주소를 써 넣었고 안내장을 작성했고. 수도 없이 회의를 열었고, 답장들을 읽었어요. 모 씨는 상당한 금액을 약속했지만 그 반대로 아무개 씨는 한 푼도 못 주겠다고 했죠. 《새터데이 리뷰》는 아주 무례했고 말이죠. 사무실 임대료를 낼 기금은 어떻게 조성할 수 있을까? 바자회를 열어야 하나? 제일 앞줄에 앉힐 만한 예쁜 소녀를 찾을 수 없을까? 그 문제에 관해 존 스튜어트 밀이 뭐라고 말했는지 찾아보죠. 모 잡지의 편집장에게 그 편지를 실어 달라고 설득할 수 있을까요? 그 숙녀에게 그것에 서명해 달라고 해도 될까요? 그 귀부인은 런던에 있지 않다더군요. 아마도 60년 전이었다면 상황은 이런 식으로 돌아갔을 것이고, 거기에 기나긴 시간과 막대한 노력이 들어갔겠죠. 그렇게 오랫동안 투쟁하고 엄청난 어려움을 겪은 후에 그들은 마침내 3만 파운드를 모을 수 있었어요."[12] 그래서 새삼 말할 필요도 없지만 우리는 포도주를 마시며 자고새 고기를 먹을 수 없고 주석 접시를 들고 줄줄이 들어오는 하인들도 둘 수 없다고 그녀가 말했습니다. 우리는 각자 소파가 있는 방을 하나씩 가질 수도 없습니

12 [원주] "우리는 적어도 3만 파운드를 모아야 한다고 들었습니다…… 그건 그리 큰 액수는 아닙니다. 영국 본토와 아일랜드와 식민지를 통틀어 이런 종류의 대학이 하나밖에 없고, 남학생들을 위한 학교를 세우는 데에 들어가는 막대한 자금이 얼마나 쉽게 조성되는지를 생각하면 말입니다. 하지만 여성이 교육받기를 원하는 사람이 얼마나 소수인지 생각해보면 그 액수마저도 대단합니다." _레이디 스티븐, 《에밀리 데이비스 양의 생애와 거턴 대학》.

다. 그녀는 어떤 책에 나온 "삶을 쾌적하게 만들어주는 것들"이란 표현을 인용하며 "우리가 그걸 누리려면 더 기다려야 하지"라고 했습니다.[13]

그 모든 여성들이 1년 내내 고생했는데도 2천 파운드를 모으기 어렵다는 것을 알게 되고 3만 파운드를 마련하기 위해 온갖 일을 다 해야만 했다는 사실을 생각하며, 우리는 비난을 받아 마땅한 우리 여성의 가난에 경멸을 터뜨렸습니다. 우리의 어머니들은 도대체 무엇을 하고 있었기에 우리에게 물려줄 재산이 없었을까요? 콧잔등에 분칠을 하고 있었을까요? 쇼윈도를 들여다보고 있었을까요? 몬테카를로에서 일광욕을 하며 관능미를 과시하고 있었을까요? 벽난로 장식장 위에 사진이 몇 장 있었습니다. 메리의 어머니는(만일 저것이 그녀의 사진이라면) 여가 시간을 게으르게 낭비했을 겁니다(그녀는 목사인 남편에게서 열세 명의 아이를 낳았지요). 그

13 [원주] "모을 수 있는 돈이란 돈은 다 건물을 짓는 데 들어갔고, 편의시설들은 뒤로 미뤄야 했다." _R. 스트레이치, 《대의》. (레이 스트레이치는 울프와 동시대에 활동한 여성운동가이자 작가—옮긴이)

렇다 해도 명랑하게 흥청망청 썼던 생활은 얼굴에 그 쾌락의 흔적을 거의 남기지 않았습니다. 그녀는 평범하게 생긴 노부인으로 커다란 조개 브로치로 고정시킨 체크무늬 숄을 두르고 있었습니다. 스패니얼 한 마리에게 카메라를 주시하도록 하면서, 카메라의 셔터를 누르는 순간 개가 움직이리라 확신하는지 재미있어하면서도 긴장한 표정으로 버들가지 의자에 앉아 있었습니다. 자, 그녀가 사업을 했다면, 인조 실크 제조업자가 되었거나 증권거래소의 거물이 되었더라면, 그녀가 이 펀넘에 2만이나 3만 파운드를 기증했더라면, 우리는 오늘 밤 안락하게 앉아 있을 것이고, 고고학, 식물학, 인류학, 물리학, 원자의 성격, 수학, 천문학, 상대성이론, 지리학 등의 주제로 대화했을 겁니다. 만일 시턴 부인과 그녀의 어머니와 할머니가 그들의 아버지와 그 이전의 할아버지들처럼 돈을 버는 훌륭한 기술을 배워 자신들의 성性만 사용하도록 지정한 연구비, 강사 기금, 상금, 장학금을 설립할 돈을 남겼더라면, 우리는 여기 위층에서 단둘이 새고기와 포도주 한 병으로 아주 여유로운 식사를 할 수 있었을 겁니다. 우리는 지나친 자신감을 품지 않고도 보수가 넉넉한 전문직이라는 은신처에서 유쾌하고 영예로운 생애를 기대할 수 있었을 겁니다. 탐험을 하거나 글을 쓸 수도 있고, 지상의 유서 깊은 곳들을 여유롭게 돌아다닐 수도 있고, 파르테논 신전의 층계에 앉아 사색에 잠길 수도 있고, 또 아침 10시에 사무실에 나갔다가 4시 30분이면 편안히 집에 돌아와 시를 조금 쓸 수도 있었을 겁니다. 다만 시턴 부인이나 그녀와 비슷한 여성들이 열다섯이란 나이에 실업계에 진출했더라면 아마—이것이 걸림돌입니다만—메리는 태어나지 못했겠지요. 나는 메리에게 그 점을 어떻게 생각하느냐고 물었습니다. 커튼 사이로 보이는 고요하고 아름다운 10월의 밤하늘에 노랗게 물들어가는 나뭇잎들 사이로 별 한두 개가 걸려 있었습니다. 펜 한 번 휘둘러서 5만 파운드가량의 기부금을 퍼넘이 받을 수 있게끔, 메리는 이 아름다운 밤 풍경에 대한 그녀의 몫을, 늘 자랑해온 스코틀랜드의 맑은 공기와 맛있는 케이크의 기억을, 어린 시절에 했던 게임들과 말다툼의 기억을(그들은 대가족이었지만 행복했습니다)

포기할 수 있을까요? 대학에 기부하려면 대가족을 이루진 못했을 겁니다. 재산을 모으면서 아이를 열셋이나 낳는 것은 어떤 인간도 할 수 없는 일이니까요. 이런 사실을 살펴보자고 우리는 말했습니다. 우선 아기가 태어나기까지 아홉 달이 걸립니다. 그리고 아기가 태어납니다. 그러고 나면 아기를 먹이는 데 서너 달이 소모되고 그다음엔 아기와 같이 놀아주는 데 족히 5년이 흘러갑니다. 아이들을 길거리에서 뛰어다니게 방치할 수는 없으니까요. 러시아에서 제멋대로 뛰어다니는 아이들을 본 적이 있는 사람들 말로는 그 광경이 별로 유쾌하지 않았다고 하더군요. 또 한 인간의 성격은 한 살부터 다섯 살 사이에 형성된다고 흔히 말하지요. 만일 내가 말한 것처럼 시턴 부인이 돈을 벌고 있었다면 메리 당신은 게임들과 말다툼에 대해 어떤 기억을 가지게 될까요? 스코틀랜드와 그 청명한 공기와 케이크와 그 밖의 것들에 대해 무엇을 알 수 있었겠어요? 하지만 이런 질문을 해봤자 아무 소용이 없습니다. 당신은 세상에 존재하지 않았을 테니까요. 더욱이 시턴 부인과 그녀의 어머니와 그 이전의 어머니들이 막대한 재산을 축적하고 대학과 도서관에 재산을 기부했다면 어땠을까 하는 질문도 의미가 없어요. 왜냐하면 우선 그들이 돈을 버는 것은 불가능했고, 설사 그럴 수 있었다 쳐도 자신들이 번 돈을 소유할 수 있는 권리가 법적으로 인정되지 않았기 때문입니다. 시턴 부인이 자신의 돈을 한 푼이라도 가질 수 있게 허용된 지 이제 겨우 48년밖에 안 됩니다. 수백 년 동안 재산은 남편의 것이었으니까요. 이런 사고가 아마도 시턴 부인과 그녀의 어머니들이 증권거래소에 발을 들이지 않는 데 일조했을 겁니다. 그들은 이렇게 말했을 거예요. 내가 버는 돈은 한 푼도 남김없이 다 빼앗길 것이고, 내 남편의 현명한 결정에 따라 아마 베일리얼이나 킹스 대학에 장학 기금을 설립하거나 연구 기금으로 기부될 거야. 그러니 돈 버는 일은, 내가 그럴 수 있다 하더라도, 별로 관심이 가지 않아. 차라리 남편에게 맡기는 편이 낫지.

어쨌든, 스패니얼을 보고 있는 노부인을 비난하건 그렇지 않건 간에, 이런저런 사정으로 우리의 어머니들이 자신의 일을 아주 잘못 처리했다는 것은 확실합니다. '삶을 쾌적하게 만들어주는 것들', 즉 새고기와 포도주, 교구 관리와 잔디밭, 책과 여송연, 도서관과 여가를 위해서 단 한 푼도 남길 수 없었으니까요. 아무것도 없는 땅에 아무것도 없는 벽을 세워 올리는 것이 그들이 할 수 있는 최선이었습니다.

그렇게 우리는 창가에 서서 수천 명의 사람들이 매일 밤 바라보듯이 아래 있는 그 유명한 도시의 둥근 지붕과 탑들을 내려다보며 이야기를 나누었습니다. 가을 달빛에 젖은 그 광경은 아주 아름답고 신비로웠습니다. 그 오랜 돌은 무척 희고 권위 있어 보였습니다. 저 아래 모여 있는 모든 책들, 패널을 두른 방에 걸려 있는 고위 성직자들과 명사들의 사진들, 포장도로 위에 기이한 구와 초승달 문양을 내비치는 채색된 창문들, 기념패와 기념비와 비문들, 분수와 잔디밭, 고요한 사각형의 안뜰이 내다보이는 조용한 방들을 생각했습니다. 그리고 (이런 생각을 하는 나를 용서하세요) 절로 감탄하게 되는 담배와 술, 편안한 안락의자와 기분 좋은 양탄자도 생각했습니다. 사치와 사생활을 누릴 수 있는 자유와 공간의 부산물인 세련됨, 온화함, 품위에 대해서 생각했습니다. 확실히 우리의 어머니들은 이 모든 것에 견줄 만한 그 어떤 것도 우리에게 제공하지 못했습니다. 3만 파운드를 모으는 일이 쉽지 않다는 사실을 알게 된 우리의 어머니들, 세인트 앤드루스의 목사에게 열세 명의 아이를 낳아 준 우리 어머니들 말입니다.

그렇게 나는 숙소로 돌아갔고, 어두운 거리를 걸으며 하루 일과를 마친 사람들이 으레 그러듯이 이런저런 문제에 대해 곰곰이 생각해봤습니다. 왜 시턴 부인이 우리에게 물려줄 돈이 없었을까, 그리고 가난이 마음에 어떤 영향을 미치는지, 또한 부富는 마음에 어떤 영향을 주는지 숙고했습니다. 그리고 그날 아침에 본, 모피 술을 어깨에 늘어뜨린 노신사들을 생각하고, 누군가 휘파람을 불면 그들 중 하나가 달려온다는 사실을 기억했습니다. 교회당에서 큰 소리로 울리던 오르간과 도서관의 닫힌 문들을 생각했습니다. 잠긴 문 밖에 있는 것이 얼마나 불쾌한 일인가 생각하다가 어쩌면 잠긴 문 안에 있는 건 더 나쁠지도 모른다고 생각했습니다. 한 성의 안정과 번영, 다른 성의 가난과 불안정을 생각했고, 작가의 마음에 전통이 미치는 영향과 전통의 결핍이 미치는 영향을 생각하면서, 마침내 이제 그날의 논쟁과 인상들, 분노와 웃음과 함께 그날의 구겨진 껍질을 둘둘 말아서 울타리 밖으로 던져버려야 할 시간이라고 생각했습니다. 파랗고 허허로운 밤하늘에는 수천 개의 별들이 반짝이고 있었습니다. 풀 수 없는 수수께끼 같은 세상에 나 홀로 있는 것 같았습니다. 사람들은 모두 누워서 잠이 든 채 아무 말이 없었지요. 옥스브리지 거리에서 움직이고 있는 사람은 아무도 없었습니다. 호텔 문조차 보이지 않는 손이 닿은 것처럼 저절로 열렸고, 나를 침대로 인도하기 위해 불을 비춰주려고 앉아서 기다리는 사람도 없었습니다. 시간이 너무 늦었습니다.

2

여러분에게 나와 계속 동행해달라고 요청해도 된다면, 이제 장면이 바뀌었습니다. 나뭇잎은 여전히 떨어지고 있지만 여긴 옥스브리지가 아니라 런던입니다. 그리고 다른 수천 채의 집들처럼, 사람들의 모자와 화물차와 자동차를 가로질러 맞은편 집 창문이 보이는 창이 달린 방을 하나 상상해주세요. 방 안의 탁자에 놓인 백지 한 장에는 커다란 글씨로 "여성과 픽션"이라고만 쓰여 있습니다. 옥스브리지에서의 오찬과 퍼넘에서의 만찬을 하고 나니 그다음은 유감스럽게도 대영박물관을 찾아가야 한다는 생각이 들었습니다. 이 모든 인상들에서 사적이고 돌발적인 것들을 걸러내어 순수한 액체, 진실의 정수를 찾아내야 합니다. 옥스브리지를 방문하고 그곳에서 점심과 저녁 식사를 한 후로 벌 떼처럼 무수한 의문이 생겼기 때문입니다. 왜 남자들은 포도주를 마시고 여자들은 물을 마시는가? 왜 남성은 그렇게 부유하고 여성은 그다지도 가난한가? 가난은 픽션에 어떤 영향을 미치는가? 예술 작품을 창조하는 데 어떤 조건들이 필요한가? 수많은 의문들이 동시에 솟아났습니다. 하지만 우리에게 필요한 것은 질문이 아니라 답입니다. 그리고 그 문제들에 대한 답은, 많이 배우고 편견이 없는 사람들, 격렬한 논쟁과 혼란스러운 육체를 벗어나 자신들의 추론과 연구 결과를 책으로 발간한 사람들의 견해를 참고할 수 있을 것이고, 그런 책들은 바로 대영박물관에서 찾을 수 있을 것입니다. 만약 대영박물관의 서가에서 진실을 찾을 수 없다면 진실은 과연 어디에 있겠느냐고 나는 공책과 연필을 집으며 자문했습니다.

그렇게 생각한 나는 진실을 추구하러 자신만만하게 나섰습니다. 그날은 비가 내리진 않았지만 음울하고 음산했으며, 박물관 근처의 길거리에는 집집마다 석탄 창고를 열어놓은 채 부대에 든 석탄을 쏟아붓고 있었지요. 사륜마차가 서더니 끈으로 묶은 상자들을 도로 위에 내려놓았습니다. 그 안에는 아마 행운이나 은신처를 찾는 스위스인 또는 이탈리아인 가족의 옷가지, 아니면 겨울에 블룸즈버리 하숙집에서 볼 수 있는 고급스러운 물건들이 들어 있겠지요. 늘 그렇듯 목소리가 걸걸한 남자들이 손수레에 농작물을 싣고 거리를 누비고 있었습니다. 소리치는 사람도 있었고 노래를 부르는 이도 있었습니다. 런던은 마치 하나의 공장 같았습니다. 하나의 기계 같았지요. 우리 모두는 이 밋밋한 바탕에 어떤 무늬를 짜 넣기 위해 앞뒤로 왔다 갔다 하는 것 같았습니다. 대영박물관도 그 공장의 한 부서일 따름입니다. 회전문이 열리자 둥글고 거대한 천장 밑에 들어섰습니다. 나 스스로가 일단의 유명한 이름들로 현란하게 둘러싸인 거대한 대머리[14] 속에 들어간 사소한 생각처럼 느껴졌습니다. 나는 카운터에 가서 종이 한 장을 받아 들고 도서 목록을 펼쳤습니다. 그리고 . . . . . 이 다섯 개의 점은 내가 깜짝 놀라고 어리둥절했던 그 5분을 각각 나타냅니다. 당신은 1년 동안 여성에 대해 쓰인 책이 얼마나 많은지 알고 있습니까? 그중에서 남성이 쓴 책이 얼마나 되는지 아시나요? 여러분이 아마도 우주에서 가장 많이 논의된 동물이라는 사실을 알고 있습니까? 나는 책을 읽으며 오전 시간을 보낼 마음으로 공책과 연필을 들고 여기 왔고, 정오 무렵에는 진실을 내 공책에 옮겨 적을 수 있겠다고 생각했습니다. 그러나 이걸 다 읽으려면 한 무리의 코끼리가 되거나 어마어마한 거미 떼가 되어야겠다고 생각하면서 세상에서 수명이 가장 긴 동물과 눈이 가장 많다고 이름난 곤충을 필사적으로 떠올리려 하다가 그만 망연자실해지고 말았습니다. 그 진실의 껍데기만 뚫어보려 해도 강철 발톱과 청동 부리가 필요할 겁니다. 이 산더미 같은 종이 무더기 속에 박힌 진실의 알갱이들을 도대체 어떻게 찾을 수 있을까? 나는 그렇

14 영국국립도서관의 전신인 대영박물관 도서관에는 커다란 돔 천장 아래 남자 문인들의 이름이 빙 둘러 새겨져 있다.

게 자문하며 절망에 잠겨 기나긴 제목 목록을 훑어보았습니다. 책의 제목들마저 생각할 거리를 주더군요. 의사나 생물학자들이 성과 그 본질에 관심을 가지는 건 당연할지도 모릅니다. 그러나 설명하기 어려운 놀라운 사실은 성, 그러니까 여성은 또한 명랑한 수필가나 글재주가 있는 소설가 혹은 석사 학위를 받은 젊은이들이나 학위를 받지 않은 사람들, 또한 그들이 여성이 아니라는 점을 제외하고는 아무 자격도 없는 사람들의 관심을 끈다는 점이었습니다. 이들 중 어떤 책은 겉보기에는 시시하고 익살맞았지만, 반면 진지하고 예언적이며 윤리적인 조언이 들어간 책도 많았습니다. 제목만 읽어도, 연단과 설교대에 올라와 이 한 가지 주제로 통상 강연에 배정되는 시간을 훨씬 넘겨서까지 설교하는 무수히 많은 교장 선생님과 목사님들의 모습이 떠오르더군요. 그것은 아주 신기한 현상이었습니다. 그리고 이것은—여기서 나는 'M'[15]이라는 글자를 찾아봤습니다—언뜻 봐도 남성

15 영어 단어 'Male(남성)'의 첫 글자.

에게만 한정된 현상이더군요. 여성들은 남성에 대한 책을 쓰지 않았습니다. 나는 이 사실에 안도하지 않을 수 없었습니다. 왜냐하면 내가 우선 여성에 관해 남성이 쓴 책을 모두 읽고 그다음에 남성에 관해 여성이 쓴 책을 읽어야 한다면, 그걸 다 읽고 글을 쓰는 동안 100년에 한 번 꽃이 핀다는 알로에 꽃을 두 번은 보아야 할 테니까요. 그래서 나는 내 마음대로 열두 권 정도를 골라 철망 접시에 대출카드를 놓고 진실의 정수를 좇는 다른 사람들 사이에 서서 차례를 기다렸습니다.

나는 영국의 납세자들이 다른 용도로 제공한 대출카드에 대고 수레바퀴 모양의 그림을 그리면서 이 이상한 불균형의 원인은 무엇일까 생각했습니다. 이 목록으로 판단컨대, 왜 여성이 남성에게 흥미를 느끼는 것보다 남성이 여성에게 더 크게 흥미를 느끼는 걸까요? 그것은 상당히 신기한 사실처럼 보였습니다. 나는 여성에 관한 책을 쓰면서 시간을 보낸 남자들의 삶을 상상해봤습니다. 그들은 늙었을까 젊었을까, 기혼일까 미혼일까, 딸기코일까 곱사등이일까. 어쨌든 스스로가 그러한 관심의 대상이라고 느끼는 것은 막연하나마 우쭐해지는 효과가 있습니다. 이런 시시한 생각을 하는 와중에 내 책상에 산사태가 난 것처럼 책들이 무더기로 쏟아졌습니다. 이제부터 고난의 시작입니다. 옥스브리지에서 연구하는 방법을 훈련받은 학생이라면, 양 떼를 우리로 몰고 가듯 무수한 의문들을 흐트러지지 않게 인도해 곧장 해답으로 이끌어 갈 수 있겠지요. 예를 들어 내 옆에 앉아 과학 책자를 부지런히 베끼고 있는 학생은 10분마다 원석에서 순수한 금덩어리를 찾아내고 있었습니다. 만족스럽다는 듯 작게 끙끙거리는 소리로 알 수 있었습니다. 그러나 유감스럽게도 대학에서 그런 교육을 받지 못한 사람은 그 물음을 우리 안으로 몰고 가기는커녕 사냥개들에게 쫓기는 겁에 질린 새무리처럼 허둥지둥 어쩔 줄 모르고 이리저리 날아다니게 할 뿐입니다. 교수들, 학교장들, 사회학자들, 목사들, 소설가들, 수필가들, 기자들, 또는 여자가 아니라는 사실 이외에는 아무 자격도 없는 사람들이 나의 단 하나의 단순한 의문인 '왜 어떤 여성들은 가난한가'를 추격해 그것은 쉰 개의 의문이 되어버렸고, 그 쉰 개의 의문이 미친 듯 강 한가운데로 뛰어들어 강물에 휩쓸려 가버렸습니다. 내 공책은 페이지마다 휘갈겨 쓴 메모들로 가득 찼습니다. 내 정신 상태가 어떠했는지 보여주기 위해 몇 개 읽어보겠습니다. 그 페이지에는 굵은 글씨로 "여성과 가난"이라는 제목이 붙어 있고 그 밑에 다음과 같이 적혀 있었습니다.

중세의 ……의 조건

피지 섬에서의 ……의 습관

……에 의해 여신으로 숭배됨

……보다 도덕관념이 약함

……의 이상주의

……가 보다 더 양심적임

남태평양제도 주민의 ……의 사춘기 연령

……의 매력

……에 의해 제물로 바쳐짐

……의 두뇌가 작음

……의 더 심오한 잠재의식

……의 몸에 털이 더 적음

……의 정신적, 도덕적, 신체적 열등성

……의 아이들에 대한 사랑

……이 더 장수함

……의 더 약한 근육

……의 강한 애정

……의 허영심

……의 고등교육

……에 대한 셰익스피어의 견해

……에 대한 버컨헤드 경의 견해

……에 대한 잉 대성당 주임 사제의 견해

……에 대한 라브뤼예르의 견해

……에 대한 존슨 박사의 견해

……에 대한 오스카 브라우닝의 견해

여기서 나는 숨을 돌리며 여백에 덧붙였습니다. 새뮤얼 버틀러가 "현명한 남성은 여성에 대한 생각은 말하지 않는다"라고 말한 이유가 무엇일까? 보아하니 현명한 남성들은 그것 말고 다른 주제에 대해선 거론하지 않던데. 그러나 나는 의자에 등을 기대고 거대한 둥근 천장을 바라보면서 여기엔 나 혼자 왔지만 어찌 된 일인지 잔뜩 시달린 것 같은 느낌을 받으며 이렇게 생각했습니다. 유감스럽게도 여성에 대한 현명한 남자들의 생각은 하나같이 다르다고요. 포프[16]는 이렇게 말했습니다.

> 대부분의 여성은 개성이란 게 없다.

라브뤼예르[17]는 이렇게 말했습니다.

> 여성은 극단적이며 남성보다 우월하거나 또는 저열하다.

동시대에 살았던 두 예리한 관찰자의 의견이 극과

16 18세기 영국의 시인, 비평가 알렉산더 포프.

17 17세기 프랑스의 작가 장 드 라브뤼예르.

극입니다. 여성에게 교육받을 능력이 있는가 없는가? 나폴레옹은 여성이 교육받을 수 없다고 생각했지만 존슨 박사는 반대로 생각했습니다.[18] 여성에게 영혼이 있을까 없을까? 어떤 야만인들은 여성에게 영혼이 없다고 말한 반면 어떤 사람들은 여성이 반쯤은 신성한 존재라고 주장하며 그러한 이유로 그들을 숭배합니다.[19] 어떤 현자들은 여성의 두뇌가 더 얄팍하다고 주장하는 반면, 여성의 의식이 더욱 심오하다고 주장하는 사람들도 있습니다. 괴테는 여성을 숭배했고, 무솔리니는 여성을 경멸합니다. 어디를 보든 남성은 여성에 관해서 생각했고, 그

18 [원주] "'남자들은 여자들이 자기보다 한 수 위라는 걸 알고 있고 그래서 그들은 여자들 중에서 가장 약하거나 가장 무지한 이를 고른다. 남자들이 그렇게 생각하지 않았다면 여자들이 자기들만큼 지식을 쌓는 것을 그렇게 두려워할 리가 없다.' ……여성을 공평하게 평한다면, 나는 그렇게 생각하지만, 그 후에 이어진 대화에서 존슨 박사는 자신이 말한 내용을 진지하게 여기고 있다고 솔직히 인정하는 바이다." _보스웰, 《헤브리디스제도 여행기》.

19 [원주] "고대 독일인들은 여성에게 성스러운 면이 있으며, 따라서 여성이 신탁을 받는다고 생각해 그들에게 중요한 문제를 상담했다." _프레이저, 《황금가지》.

것도 서로 다르게 생각했습니다. 옆에 앉은 학생을 부럽게 쳐다보며 나는 이들의 생각을 도저히 이해할 수 없겠다고 판단했습니다. 그는 A 또는 B, C로 종종 제목을 붙이면서 아주 깔끔하게 요약한 공책을 만들고 있었지만, 내 공책은 거칠게 휘갈겨 쓴 서로 상반되는 메모들만 어지럽게 흩어져 있었지요. 그건 고통스럽고, 당혹스러웠으며, 굴욕적이었습니다. 진실은 내 손가락 사이로 빠져나가버렸습니다. 방울방울 흘러내려버렸죠.

집에 돌아가서 '여성과 픽션'의 연구에 대한 중요한 공헌이랍시고, 여성은 남성보다 몸에 털이 적다거나 남태평양제도 주민들의 사춘기 연령은 아홉 살(아흔 살인가? 글씨조차 너무 정신없어서 알아볼 수 없게 되어버렸군요)이라는 말이나 덧붙일 수는 없었습니다. 오전 내내 작업했는데도 이렇다 할 중요하거나 괜찮은 결론을 얻지 못했다는 사실은 수치스러웠지요. 만일 내가 과거의 W(간단하게 여성을 이렇게 칭하기로 했습니다)에 대한 진실을 포착할 수 없다면, 미래의 W에 대해 고민할 필요가 있을까요? 여성과 여성이 그 무엇에건—정치건 아동

이건 급료건 도덕성이건 뭐든 간에—미치는 영향을 전공하는 그 모든 신사들이 셀 수 없이 많고 모두 학식 있는 분들이긴 하지만 그들의 연구를 참고하는 것은 순전히 시간 낭비인 듯했습니다. 차라리 그들의 책을 들춰보지 않는 편이 나을 것입니다.

나는 이런 생각을 하면서 아무것도 할 수 없는 무력함을 느끼며 자포자기해서 무의식중에 그림을 그리고 있었습니다. 내 옆에 앉은 사람처럼 결론을 쓰고 있어야 할 곳에 말이지요. 나는 하나의 얼굴, 하나의 형체를 그리고 있었습니다. 그것은《여성의 정신적, 윤리적, 신체적 열등성》이라는 제목의 기념비적 저작을 집필하는 데 몰두하는 X교수의 얼굴이자 형상이었습니다. 내가 그린 그는 여자들에게 매력적인 남성이 아니었습니다. 육중한 몸매에 턱살은 축 늘어졌고 거기다 눈은 아주 작았습니다. 얼굴은 벌겋게 상기되어 있었죠. 글을 쓰는 그의 표정은 무슨 불쾌한 벌레를 죽이는 것처럼 펜으로 종이를 콕콕 찌르게 만드는 감정에 사로잡혀 있는 듯 보였습니다. 하지만 그 벌레를 죽였을 때조차 여전히 불만스러워 보였습니다. 계속 벌레를 죽인다 해도 그 분노와 짜증의 원인은 계속 남아 있으니까요. 내 그림을 보며 나는 물어보았습니다. 그 원인은 그의 아내였을까? 그의 아내가 기병대 장교와 사랑에 빠졌을까? 그 기병대 장교는 날씬하고 우아하며 아스트라칸[20]을 입었을까? 프로이트의 이론을 적용해보자면, 어린 시절 요람에서 예쁜 소녀가 그를 비웃은 적이 있었을까? 그 교수는 요람에서조차 귀여운 아기였을 리 없으니까요. 이유가 뭐건 여성의 정신적, 윤리적, 신체적 열등성에 관한 위대한 책을 쓰고 있는 그 교수는 내 스케치에서 아주 화가 나고 몹시 흉한 몰골로 나타났습니다. 그림을 그리는 일은 별 소득을 거두지 못한 오전 작업을 끝내는 방법으로는 게으른 것이었습니다. 하지만 때로는 우리의 나태함, 우리의 꿈속 깊이 숨겨져 있던 진실이 표면에 떠오를 때도 있습니다. 정신분석이라는 거창한 이름으로 그럴듯하게 꾸밀 필요도 없이 심리학의 기초적인 훈련만으로도 나

20 러시아 아스트라한 지역에서 유래한, 특정 품종의 새끼 양의 모피.

는 공책을 보면서 그 분노한 교수의 얼굴은 내 분노의 상징이라는 점을 알아차렸습니다. 내가 공상에 잠겨 있는 동안 분노가 연필을 낚아챘던 것입니다. 그러나 분노가 거기서 무엇을 하고 있었을까요? 흥미, 혼란, 즐거움, 지루함, 이 모든 감정들이 오전 내내 꼬리에 꼬리를 물고 내 머릿속을 스쳐갈 때 나는 그것들을 추적하고 이름을 붙일 수 있었습니다. 그것들 사이에 분노가, 그 검은 뱀이 도사리고 있었을까요? 맞아요, 분노가 도사리고 있었다고 스케치가 알려주었습니다. 그 그림은 내게 그 악마의 잠을 깨운 한 권의 책, 하나의 문구를 명확하게 일러주었습니다. 그것은 여성의 정신적, 윤리적, 신체적 열등성에 대한 그 교수의 진술이었지요. 내 심장이 쿵쿵 뛰고 뺨에서 열이 나면서 화가 나서 얼굴이 벌게졌습니다. 그것은 어리석긴 하지만 놀랄 만한 일은 아니었지요. 시시한 남자보다 자신이 선천적으로 열등하다는 말을 듣고 기분 나쁘지 않을 사람이 어디 있겠어요? 나는 내 옆에 있는 학생을 흘끗 봤습니다. 거칠게 숨을 쉬며, 기성품 넥타이를 매고 있고, 면도를 한 지 2주도 넘은 그

학생을 말이죠. 사람에겐 어리석은 허영심이란 감정이 있습니다. 하지만 그건 단지 인간의 본성일 따름이라고 생각하며 나는 분노한 교수의 얼굴 위에 수레바퀴와 원을 그리기 시작했습니다. 마침내 그는 타오르는 덤불이나 불꽃을 튀기는 혜성같이 보이게 되었고, 어쨌든 인간의 형체나 의미를 갖지 않는 유령이 된 거죠. 이제 그 교수는 햄스테드 히스의 꼭대기에서 타오르는 장작더미처럼 보였습니다. 이내 나의 분노는 해명돼서 사라졌습니다. 그러나 호기심은 남았습니다. 그 교수님들의 분노를 어떻게 설명할까? 왜 그들은 화가 났지? 왜냐하면 이 책들이 남긴 인상을 분석해볼 때 거기엔 항상 열기가 존재했으니까요. 이 열기는 여러 가지 형태를 띠어서 때로 풍자로, 때로는 감정으로, 혹은 호기심이나 배격으로 나타났습니다. 하지만 종종 실재하나 구체적으로 식별할 수 없는 또 다른 요소가 있었습니다. 나는 그것을 분노라고 불렀지만 그 분노는 지하로 숨어 들어가 온갖 종류의 다른 감정들과 섞였습니다. 그것이 미치는 기이한 효과로 판단컨대, 그것은 단순하고 노골적인 분노가 아니라 복합적이고 다른 것으로 정체를 감춘 분노였지요.

그 이유가 뭐든 나는 책상 위에 산더미처럼 쌓인 책들을 살펴보며 이 책들은 모두 내 연구 목적에 아무 쓸모가 없다고 생각했습니다. 이 책들이 인간적으로는 교훈과 흥미와 지루함과 피지 섬 주민들의 관습에 대한 괴상한 사실들로 가득 차 있을지 모르지만 과학적으로는 무가치했습니다. 그것들은 진실의 흰빛이 아니라 감정의 붉은빛으로 쓰였으니까요. 그래서 그것들은 중앙 탁자로 되돌아가서 거대한 벌집 속 각자가 속한 칸으로 반송되어야 합니다. 내가 오전 내내 작업해서 얻은 수확이라고는 분노라는 사실 하나입니다. 그 교수님들은—그들을 그렇게 총칭하겠습니다—화가 나 있었습니다. 책을 반납하고 나서 그 이유를 자문했지요. 주랑 아래 비둘기들과 선사시대의 카누 사이에 서서, 그들은 왜 그렇게 화가 났을까 다시 물었습니다. 스스로에게 이런 질문을 던지면서 나는 점심 먹을 곳을 찾아 천천히 걸었습니다. 내가 일단은 분노라고 명명한 그 감정의 본질은 무엇일까 자문했지요. 이것은 대영박물관 근처 어딘가의 작은 식당에서 음식을 기다리는 동안 지속된 수수께끼였습니다. 먼저 점심을 먹은 손님이 의자 위에 석간신문을 놔두고 갔더군요. 그래서 음식이 나오길 기다리며 한가롭게 표제를 읽기 시작했습니다. 아주 큰 글자들이 한 줄로 신문 지면을 가로지르고 있었습니다. 어떤 사람이 남아프리카에서 큰 범죄를 저질렀답니다. 오스틴 체임벌린 경[21]이 제네바에 있다는 사실이 그보다 짧게 언급되어 있었고요. 어느 지하실에서 고기 자르는 도끼가 발견되었는데 사람의 머리칼이 붙어 있었다는군요. 모 재판관이 이혼 법정에서 '여성의 뻔뻔스러움'에 대해 논평했답니다. 그 밖의 뉴스 단편들이 신문 여기저기에 흩어져 있었습니다. 한 여배우가 캘리포니아의 산봉우리에서 공중에 매달려 있었다네요. 안개가 낄 거라고 합니다. 이 혹성에 잠시 잠깐 방문한 사람이라도 이 신문을 집어 들면 여기 흩어져 있는 증언으로 봐서 영국이 가부장제의 지배하에 있다는 사실을 알게 될 겁니다. 제정신을 가진

21 당시의 외무대신.

사람이라면 그 교수님의 지배력을 간파하지 않을 수 없습니다. 그는 권력과 돈과 영향력을 가지고 있습니다. 그는 그 신문사의 사주이고 편집장이며 부주필입니다. 외무대신이며 판사입니다. 크리켓 선수이자, 경주마와 요트를 보유하고 있습니다. 주주들에게 200퍼센트의 배당금을 지급하는 회사의 중역이고, 자기가 운영하는 자선단체와 대학에 수백만 파운드를 남겼습니다. 그는 그 여배우를 공중에 매달아놓았습니다. 그가 고기 자르는 도끼에 붙은 털이 인간의 것인지 아닌지 결정할 것이며, 살인자에게 무죄를 선고해 풀어주거나 유죄를 선고해 목매다는 것도 그 사람입니다. 그는 안개를 제외한 모든 것을 지배할 수 있는 듯합니다. 그런데도 그는 화가 났습니다. 나는 그가 화났다는 사실을 알 수 있었습니다. 여성에 대해 그가 쓴 글을 읽으며 나는 그의 글이 아니라 그 사람 자체에 대해 생각했습니다. 한 논쟁자가 감정에 치우치지 않고 객관적으로 주장을 전개할 때, 그는 오로지 그 주장만 생각하고 있고 따라서 독자들도 그 주장을 생각하지 않을 수 없습니다. 만일 그가 여성에 대해 객관적으로 썼더라면, 자신의 주장을 입증하기 위해 누구도 반박할 수 없는 증거를 제시했다면, 그 결과가 다른 게 아니라 이것이기를 바란다는 흔적을 보이지 않았더라면, 독자도 분노하지 않았을 것입니다. 그저 그 주장을 받아들였겠지요. 완두콩은 녹색이고 카나리아는 노란색이라는 사실을 받아들이듯 말입니다. 당신이 그렇게 말한다면 그렇겠지, 라고 말했을 겁니다. 그러나 그가 화가 나 있었기 때문에 나도 화가 났습니다. 하지만 이렇게 권력이란 권력은 다 가진 사람이 분노하는 것은 어이없는 일이라고 나는 석간신문을 넘기며 생각했습니다. 아니면, 분노란 권력에 수반되는 친숙한 유령일까요? 예를 들어 부자들은 보통 가난한 사람들이 자신들의 재산을 빼앗고 싶어 한다고 의심해서 분노합니다. 교수님들, 아니 더 정확하게 부르자면 가장들은 부분적으로 그런 이유 때문에 분노하지만 또 부분적으로는 겉으로 드러나지 않는 이유 때문에 분개합니다. 어쩌면 그들은 전혀 '화가 나지' 않았을지도 모릅니다. 실제로 사적으로 만났을 때 그들은 대개 여성에게 헌신적이며 모범적이고 여성을 숭배합니다. 그 교수가 여성의 열등함을 좀 지나치게 강조했을 때 어쩌면 그는 여성의 열등함보다는 자기 자신의 우월함을 더 신경 쓰고 있었을지 모릅니다. 그것이 그에게는 가장 중요하고 희귀한 보석이었기에 아주 격렬하고 열정적으로 보호하고 있었던 겁니다. 어느 성에게나—나는 보도에서 어깨를 스치며 지나가는 사람들을 바라보았습니다—삶은 고되고 어려우며 죽을 때까지 끝나지 않는 분투입니다. 살아가려면 어마어마한 용기와 힘이 필요합니다. 무엇보다 환상을 만들어내서 살아가는 존재로서 우리는 자신감이 있어야 합니다. 그게 없다면 요람에 누운 아기나 마찬가지로 무력해집니다. 구체적으로 측정할 수는 없지만 무한한 가치가 있는 이 자질을 어떻게 해야 가장 빨리 만들어낼 수 있을까요? 그건 바로 다른 사람들이 자기보다 열등하다고 생각하는 겁니다. 자신에게 다른 사람보다 선천적으로 우월한 점—부이거나 지위, 오뚝한 코이거나 조지 롬니가 그린 조부의 초상화일 수도 있겠지요, 인간의 상상력에서 나온 애처로운 장치들은 끝이 없으니까요—이 있다고 느끼는 거죠. 그래서 지배하고 정복해야 할 가장에게 다수의 사람들, 사실 인류의 절반이 자기보다 열등하다는 느낌이 어마어마하게 중요한 겁니다. 그것이 실은 그가 가진 권력의 주요 원천 중 하나겠지요. 그러나 이제 이 관찰로 실제 생활을 조명해보겠습니다. 그것이 일상생활에서 우리가 주목한 심리적인 의문 몇 가지를 설명해줄까요? 얼마 전에 아주 인정 많고 겸손한 남성인 Z씨가 레베카 웨스트[22]의 책을 집어 들고 한 단락을 읽더니 "이런 어이없는 페미니스트를 봤나! 이 여자가 남자들은 속물이라고 했군!"이라고 소리쳤을 때 내가 느꼈던 경악을 설명할 수 있을까요? 그의 그런 반응은 아주 놀라웠는데(웨스트 양이 남성에 대한 찬사는 아니지만 진실일지도 모를 말을 했다고 해서 그녀를 어이없는 페미니스트라고 부를 이유가 있나요?) 그것은 그저 상처 입은 허영심에서 외친 말은 아니었습니다. 그보다는 자신에 대

22 버지니아 울프와 동시대에 활동한 영국의 저술가. 페미니스트이자 사회개혁가로 활발히 활동했다.

한 믿음을 침해했다고 항의한 겁니다. 여성은 수 세기 동안 남성의 모습을 실제 크기보다 두 배로 확대 반사하는 기분 좋은 마법을 지닌 거울의 역할을 해왔습니다. 그 마법이 없었다면 지구는 아직도 늪과 정글만 있을 겁니다. 우리가 치른 모든 전쟁의 영광은 알려지지 않았을 겁니다. 우리는 아직도 양의 뼈다귀에 사슴의 윤곽을 새겨놓거나 부싯돌을 양가죽이나 원시적인 취향에 걸맞은 단순한 장식물과 교환하고 있었을 겁니다. 〈슈퍼맨〉이나 〈핑거스 오브 데스티니〉 같은 영웅 드라마들도 없었겠죠. 러시아 황제들과 신성 로마 제국의 황제들은 왕관을 써본 적도 빼앗긴 적도 없었을 겁니다. 문명사회에서 거울의 용도가 무엇이든, 거울은 모든 폭력적이고 영웅적인 행위에 필수적인 역할을 하고 있습니다. 바로 이런 이유 때문에 나폴레옹과 무솔리니는 여성이 열등하다고 단호하게 주장합니다. 여성이 열등하지 않다면 남성을 확대시키는 역할도 하지 않을 테니까요. 그것으로 남성이 그토록 빈번하게 여성을 필요로 하는 이유를 설명할 수 있습니다. 남성이 여성의 비판을 받고 안절부절 못하는 것도 같은 이유입니다. 여성이 남성들에게 이 책은 좋지 않다거나 이 그림은 형편없다거나 그 외에 어떤 비평을 하건 남성이 똑같은 말로 비평할 때보다 더 크게 분노하고 고통스러워하는 이유도 바로 이것입니다. 여성이 진실을 말하기 시작하면, 거울에 비친 남성의 형상은 줄어들 것이고, 삶에 대한 적응력도 감소될 것입니다. 아침 식사와 저녁 식사에서 최소한 실제보다 두 배로 큰 자신의 모습을 볼 수 없다면 그가 어떻게 계속 판결을 내리고 원주민을 교화하며 법률을 제정하고 책을 집필하며 정장을 차려입고 연회에서 장광설을 늘어놓을 수 있겠습니까? 빵을 찢고 커피를 저으면서, 거리를 지나가는 사람들을 가끔 바라보며 나는 생각했습니다. 거울에 비친 환상은 남성의 활력을 더해주고 신경조직을 자극하기 때문에 극히 중요합니다. 그것을 빼앗기면 남성은 코카인을 빼앗긴 마약중독자처럼 죽을 것입니다. 나는 창밖을 내다보며 보도 위에 있는 사람들 절반이 그 환상의 주문에 홀려 씩씩하게 일터로 가고 있다고 생각했습니다. 그들은 아침이면 그 주문의 한 줄기 쾌적한

빛살을 받으며 모자를 쓰고 코트를 입지요. 어깨에 힘을 주고 자신만만하게 스미스 양의 티 파티에 자신이란 사람이 필요하다고 믿으며 그날을 시작합니다. 그들은 방으로 들어서며 스스로에게 말하지요. '나는 여기 모인 사람들의 절반보다 우월하다'고 말입니다. 그리하여 그들은 자신감과 자기 확신에 차서 이야기하고, 그런 자신감이 공적인 생활에서 중요한 영향력을 행사해 결국 여성의 내밀한 마음의 여백에 그런 기이한 메모를 남기게 되는 것입니다.

그러나 남성의 심리라는 위험하고도 대단히 흥미로운 주제에 대한 이러한 기여는—이것은 바라건대 당신에게 연간 500파운드의 수입이 있어야 조사할 수 있는 주제입니다—점심 값을 지불해야 해서 잠시 중단됐습니다. 전부 해서 5실링 9펜스였습니다. 내가 웨이터에게 10실링짜리 지폐를 줘서 그는 거스름돈을 가지러 갔습니다. 내 지갑에는 10실링짜리 지폐가 한 장 더 있었지요. 나는 그것에 주목했습니다. 왜냐하면 내 지갑에서 10실링짜리 지폐가 자동적으로 나올 수 있는 현실이 아직도 숨이 멎을 정도로 놀랍기 때문입니다. 내가 지갑을 열면 그곳엔 지폐가 있어요. 나와 이름이 같다는 이유만으로 숙모님이 물려준 유산에서 나오는 종잇조각 몇 장에 대한 대가로 사회는 닭고기와 커피, 침대와 숙소를 제공해줍니다.

내 숙모님 메리 비턴은 봄베이에서 바람을 쐬려고 말을 타러 나갔다가 낙마하여 돌아가셨습니다. 내가 유산을 받게 되었다는 소식을 들은 것은 여성에게 투표권을 주는 법안이 통과되던 당시의 어느 날 밤이었습니다. 우편함에 들어온 한 변호사의 편지를 열어보고 내가 평생 동안 매년 500파운드를 받게 됐다는 사실을 알았습니다. 둘—투표권과 돈—중에서 돈이 훨씬 더 중요해 보였습니다. 그전까지 나는 신문사에 잡다한 일거리를 달라고 애원하고, 여기에 원숭이 쇼를 기고하고 저기에다 결혼식 취재 기사를 쓰면서 생계를 꾸려갔습니다. 그리고 봉투에 주소를 쓰고 노부인들에게 책을 읽어주거나 조화를 만들고 유치원의 어린아이들에게 철자법을 가르쳐줌으로써 몇 파운드를 벌었지요. 1918년 전까지는 여성들에게 개방된 일이란 게 그 정도였습니다. 여러분도 그런 일을 하는 여성들을 알 테니 그 일의 어려움을 일일이 묘사할 필요는 없을 겁니다. 또한 벌어온 돈에만 의존해서 사는 어려움도 언급할 필요가 없을 겁니다. 아마 여러분도 그래 봤을 테니까요. 그러나 지금도 그보다 더한 고통이라고 느끼는 것은 당시 내 마음속에서 싹튼 두려움과 쓰라림의 독이었습니다. 우선, 하고 싶지 않은 일을 하고 있다는 사실이 늘 마음에 걸렸고, 그것도 노예처럼 아양을 떨면서 하고 있다는 게 더 싫었습니다. 꼭 그래야 하는 건 아니었지만 안 그러면 그 일마저 잃을지 모른다는 두려움이 컸던 겁니다. 그리고 세상에 드러내지 않으면 죽을 것 같은 재능(남들 보기엔 사소하지만 본인에겐 너무나 소중한)이 시들어가면서 그와 함께 나란 존재, 내 영혼까지 죽어가고 있다는 정신적인 괴로움이, 모든 것이 활짝 피어나는 봄에 나무를 서서히 갉아먹어 고사시키는 녹처럼 제 마음을 좀먹어 가고 있었습니다. 그러나 아까 말했듯이 내 숙모님이 세상을 떠나셨고, 내가 10실링짜리 지폐를 바꿀 때마다 그

녹과 부식된 부분들이 조금씩 벗어져나가고 마음속의 두려움과 쓰라림도 조금씩 사라져가고 있습니다. 나는 은화를 지갑 안에 넣으며 생각했습니다. 그 당시의 쓰라린 마음을 떠올려보면 고정 수입이 사람의 성격을 변화시키는 힘이 얼마나 큰지 놀랍다고 말입니다. 이 세상의 어떤 무력도 내게서 500파운드를 빼앗아 갈 수 없습니다. 음식과 집, 의복은 영원히 나의 것입니다. 그러므로 노력과 노동만 그친 것이 아니라 증오와 쓰라림도 그쳤습니다. 나는 누구도 증오할 필요가 없습니다. 아무도 나를 아프게 할 수 없으니까요. 또 남자에게 아부할 필요가 없습니다. 그가 나에게 줄 것이 없기 때문입니다. 이렇게 나는 아주 서서히 인류의 다른 절반에 대해 새로운 태도를 취하고 있다는 걸 깨달았습니다. 어떤 계급이나 성을 싸잡아서 비난하는 것은 불합리한 일입니다. 대다수의 사람들에게 그들의 행위에 대한 책임을 물을 수 없습니다. 그들은 스스로 통제할 수 없는 본능에 휘둘리고 있으니까요. 그들, 가장들과 교수님들도 대처해야 할 끝없는 어려움과 지독한 결점이 있습니다. 어떤 면에서는 그들이 받은 교육은 내가 받은 교육만큼이나 잘못된 것이니까요. 그것 때문에 그들에게서 큰 결함이 생긴 겁니다. 그들이 돈과 권력을 가지고 있는 것은 사실이지만 그러기 위해 끊임없이 간을 찢어내고 허파를 뜯어내는 독수리와 매를 가슴에 품는 대가를 치러야 했습니다. 희생을 치르고서야 가능했지요. 소유욕과 남의 것을 뺏고야 말겠다는 열망 때문에 그들은 다른 사람들의 땅과 재산을 끝없이 탐내고, 국경을 넓혀서 깃발을 세우고, 전함과 독가스를 만들고, 그들 자신의 생명과 자녀들의 생명을 바쳤습니다. (내가 방금 막 도착한 기념비인) 애드미럴티 아치나 전승 트로피와 대포가 전시된 거리를 걸어보면서 그곳에서 찬양하는 명예가 어떤 것인지 찬찬히 생각해보세요. 아니면 화창한 봄날 햇살 속에서 증권중개인과 위대한 변호사가 돈을 벌고도 끊임없이 더 많은 돈을 벌기 위해 사무실로 들어가는 모습을 한번 보세요. 연 500파운드만 있으면 햇빛을 받으며 살아가기에 충분한데 말입니다. 남성들의 그런 본능은 가슴에 품기엔 불쾌한 것들이라고 생각했습니다. 그런 본능은 삶의 조건, 혹은 문명의 결핍에서 비롯된 것이란 생각을 하면서 나는 케임브리지 공작의 동상, 특히 그의 삼각모에 꽂힌 깃털을 뚫어져라 바라봤습니다. 남성들의 이런 결점들을 깨닫자, 두려움과 쓰라림이 차츰 누그러지면서 연민과 관용으로 바뀌었습니다. 거기서 또 한두 해가 지나자 연민과 관용도 사라지고 가장 큰 해방, 즉 사물을 그 자체로 생각하는 자유를 얻었습니다. 예를 들면, 저 건물을 내가 좋아하는가 아닌가? 저 그림은 아름다운가 그렇지 않은가? 내 생각에 그것이 좋은 책일까 나쁜 책일까? 실로 숙모님의 유산이 하늘에 씌워진 베일을 벗겨주고, 밀턴이 우리에게 영원히 숭배하라고 권한 신사의 크고 웅장한 모습 대신 탁 트인 하늘을 보여주었습니다.

그렇게 생각하고 추측하면서 강가의 집으로 돌아가는 길에 들어섰습니다. 가로등에 불이 밝혀지면서 런던에 형언할 수 없는 변화가 찾아왔습니다. 마치 하루 종일 돌아간 거대한 기계가 붉은 눈을 번득이며 타오르는 직물이자 뜨거운 숨결을 내뱉으며 으르렁거리는 황

갈색 괴물 같은, 몇 야드에 달하는 아주 흥미진진하고 아름다운 풍경을 우리의 도움을 받아 만들어놓은 것 같았습니다. 집을 후려치고 광고판을 덜컹거리게 하는 바람마저 흔들리는 깃발 같았습니다.

그러나 내가 사는 작은 거리에는 생활이 위세를 떨치고 있었습니다. 도장업자가 사다리에서 내려오고 있었고, 아이 보는 여자는 유모차를 이리저리 조심스레 밀면서 차를 마시러 육아실로 돌아가고 있었습니다. 석탄을 운반하는 인부가 텅 빈 자루들을 차곡차곡 개고 있었고 야채 가게의 주인 여자는 붉은 장갑을 낀 손으로 그날의 소득을 합산하고 있었습니다. 그러나 나는 여러분이 내 어깨에 지워준 그 문제에 골몰하느라 이런 일상적인 광경을 볼 때에도 그것들을 그 문제와 연결시키게 됐습니다. 이런 직업 중에서 어느 것이 더 귀하고 필요한지 판단하는 것은 100년 전에도 어려웠겠지만 지금은 더 그럴 거라고 생각합니다. 석탄 인부가 되는 것과 아이 보는 여자가 되는 것 중 어떤 것이 더 나을까? 여덟 명의 아이를 길러낸 여자 청소부는 10만 파운드를 버는 변호사보다 세상에 더 가치 없는 인물일까? 그런 질문에는 아무도 대답할 수 없을 테니 질문 자체가 쓸모가 없죠. 여자 청소부와 변호사의 비교 가치는 10년마다 오르락내리락할 뿐 아니라 현재의 상황에서도 마찬가지니까요. 내가 교수님께 여성에 관한 그의 논의에서 '반박할 수 없는 증거'를 요구한 것은 어리석은 일이었습니다. 누군가가 어느 시기에 어떤 재능의 가치를 말할 수 있다 하더라도 이 가치들은 변할 겁니다. 100년이 지나면 이 가치들은 완전히 변하겠지요. 게다가 앞으로 100년이 지나면, 집 앞에 이르러 생각하건대, 여성은 더 이상 보호받는 성이 아닐 겁니다. 논리적으로 생각해볼 때 그들은 한때 그들을 받아주지 않았던 모든 활동과 힘든 작업에 참여할 것입니다. 아이 보는 여자는 석탄을 운반할 것이고 가게 주인 여자는 기관차를 운전할 것입니다. 여성이 보호받는 성이었을 때 관찰된 사실에 근거를 둔 모든 가설들은 사라질 것입니다. 예를 들어(지금 거리에서 군대가 행군하고 있습니다), 여성과 목사와 정원사가 다른 사람들보다 장수한다는 가설 같은 것 말입니다. 그런 보호 장치들을 다 없애고, 여성이 남성과 똑같은 활동과 작업을 접하게 하고, 여성을 군인, 선원, 기관사, 부두 노동자로 만들어보십시오. 그러면 사람들이 "오늘 비행기를 봤어"라고 과거에 말했듯 "오늘 여자를 한 명 봤어"라고 할 정도로 여자가 남자보다 훨씬 젊은 나이에, 더 빨리 죽게 될지도 모르는 일 아니겠어요? 여성이 더 이상 보호받는 자리가 아니라면 어떻게 될까 생각하며 나는 현관문을 열었습니다. 그러나 이 모든 생각들이 내 강연 주제인 '여성과 픽션'하고 무슨 관련이 있을까? 나는 안으로 들어가면서 자문했습니다.

3

저녁이 되어도 어떤 중요한 진술이나 정확한 사실을 확보하지 못한 채 돌아오는 것은 실망스러운 일입니다. 여성은 남성보다 가난한데, 거기엔 이런저런 이유가 있습니다. 어쩌면 지금은 진실을 좇는 것은 잠시 멈추고, 용암처럼 뜨겁고 구정물처럼 혼탁한 무수한 견해들을 받아들이는 편이 나을지도 모르겠습니다. 커튼을 치고, 집중을 방해하는 상황을 차단하고, 램프에 불을 밝히고 조사의 범위를 좁혀서, 의견이 아니라 사실을 기록하는 역사가에게 여성이 어떤 환경에서 살아왔는지 물어보는 편이 나을 것입니다. 전 세기를 통틀어서가 아니라 영국에서, 예를 들어 엘리자베스 시대에는 어땠는지 말입니다.

왜냐하면 남성이라면 누구나 노래나 소네트[23]를 지을 수 있었던 듯한 시대에 여성은 뛰어난 문학작품을 단 한 단어도 쓰지 않았다는 사실이 영원한 수수께끼이기 때문입니다. 당시 여성이 어떤 환경에서 살았을지 나는 자문했습니다. 픽션은 상상력을 토대로 하는 작업이긴 하지만, 자연과학이 그렇듯이, 땅 위로 자갈이 툭 떨어지는 것과 같지 않습니다. 픽션은 거미줄과 같아 삶의 구석구석에 아주 가늘게라도 연결되어 있으니까요. 다만 대개 그렇게 연결된 상태는 눈에 잘 띄지 않습니다. 가령, 셰익스피어의 희곡들은 아무것도 없이 공중에 그냥 매달려 있는 것처럼 보입니다. 그러나 거미줄을 비스듬히 잡아당겨 각각의 가장자리가 연결된 곳을 찾아보면 뜯긴 가운데가 드러나면서 이 거미집들은 실체가 없는

23 13세기 이탈리아에서 생겨난 14행의 시 형식. 셰익스피어, 밀턴 등이 대표 작가다.

생물이 공중에서 자아낸 것이 아니라 고통 받는 인간의 작품이며, 그 거미줄 한 가닥 한 가닥이 건강과 돈과 우리가 살고 있는 집처럼 대단히 물질적인 것과 연결되어 있다는 걸 알게 됩니다.

그래서 나는 역사책들을 꽂아둔 책장으로 가서 최근에 나온 트리벨리언 교수의 《영국사》를 뽑아 들었습니다. 나는 다시 한번 여성이라는 단어를 찾다가 '여성의 지위'라는 항목을 발견하고 거기 표시된 페이지를 펼쳤지요. "아내를 때리는 것은 남성의 공인된 권리였고, 계층에 관계없이 아무런 수치심 없이 자행했다. [……] 이와 유사하게," 그 역사가는 계속해서 말합니다. "부모가 정한 신사와의 혼인을 거부하는 딸을 방에 가두고 구타하며 이리저리 내동댕이친다 해도 여론에 전혀 충격적인 일이 아니었다. 결혼은 개인 간의 애정이 아니라 가족의 탐욕이 결부된 문제였으며, 특히 '기사도를 중시하는' 상류층에서 그러했다. [……] 약혼은 보통 혼인 당사자 중 하나 또는 둘 다 요람에 누워 있는 나이에 집안끼리 성사되었으며 유모의 보살핌을 미처 벗어나기도 전에 혼례를 치렀다." 이때가 초서[24]의 시대 직후인 1470년 무렵입니다. 그 후에 여성의 지위에 대한 언급은 약 200년이 지나 스튜어트 왕조 시대에서 비로소 나왔습니다. "자신의 남편을 직접 선택하는 것은 상류층과 중산층 여성에겐 여전히 예외적인 일이었다. 남편이 정해지면 그는 적어도 법과 관습에 따라 그녀의 지배자이자 주인이었다. 그렇다고 해도," 트리벨리언 교수는 이와 같이 결론을 내리고 있었습니다. "셰익스피어의 여성들이나 버니, 허친슨과 같이 신뢰할 만한 17세기 회상록에 등장하는 여성들은 별다른 개성이나 특징이 부족한 것처럼 보이지 않는다." 곰곰이 생각해보면 클레오파트라는 분명 자신의 뜻을 잘 관철시켰습니다. 맥베스 부인은 자기 나름의 의지를 가졌다고 할 수 있겠고, 로잘린드[25]는 매력적인 소녀라고 판단할 수 있겠지요. 트리벨리언 교수가 셰익스피어의 작품에 등장하는 여성들에게 별다른 개

24 중세 영국을 대표하는 시인 제프리 초서.

25 셰익스피어의 희곡《좋으실 대로》의 주인공.

성이나 특징이 부족한 것처럼 보이지 않는다고 한 말은 진실입니다. 나는 역사가가 아니므로 거기서 더 나아가 까마득한 고대부터 모든 시인들의 작품에서 여성들이 횃불처럼 타올랐다고 말할 것입니다. 극작가들의 작품으로는 클리타임네스트라, 안티고네, 클레오파트라, 맥베스 부인, 페드르, 크레시다, 로잘린드, 데스데모나, 말피 공작부인 등등이 있고, 산문 작가의 작품에는 밀러먼트, 클라리사, 베키 샤프, 안나 카레니나, 에마 보바리, 게르망트 부인, 이런 이름들이 마음속에 밀려들지만, 이들이 "개성이나 특징이 부족한" 여성을 연상시키지는 않습니다. 여성이 남성들이 쓴 픽션에서만 존재한다면, 우리는 그녀를 가장 중요한 인물이라고 상상할 수 있습니다. 굉장히 다양하며, 영웅적이거나 비열하고, 눈부시거나 추악하며, 무한히 아름답거나 극단적으로 흉물스럽고, 남성만큼 위대하기도 하고 어떤 이들은 남성보다 더 위대하다고 생각하기도 합니다.[26] 그러나 이는 픽션에 나타난 여성일 뿐입니다. 실제로는 트리벨리언 교수가 지적하듯이 여성들은 방에 갇혀 구타당하고 여기저기 끌려다니다 내동댕이쳐졌던 것입니다.

따라서 아주 기괴하고 복합적인 존재가 생겨납니다. 상상 속의 여성은 더없이 중요하지만 실제로는 완전히 하찮은 존재입니다. 시에서는 처음부터 끝까지 여성의 존재가 속속들이 스며 있지만, 역사에서는 그 존재를 찾을 수 없습니다. 픽션에서는 왕과 정복자들의 삶을 주도하지만, 현실에서는 그녀의 손가락에 강제로 반지를

26 [원주] "여성이 노예로서, 동양에서 벌어지는 것처럼 억압을 받거나 힘들고 고된 일에 매여 살았던 아테네라는 도시의 무대에 '여성혐오자'인 에우리피데스의 연극마다 클리타임네스트라와 카산드라, 아토사와 안티고네, 페드르와 메데이아를 비롯한 주도적인 여주인공들이 출현했다는 사실은 기이하고도 설명하기가 매우 힘들다. 현실에서 지체 높은 여성은 거리에서 얼굴조차 드러낼 수 없었던 반면 무대 위의 여성들은 남자와 동등하거나 그들을 능가하는 이 세계의 모순은 만족스럽게 해명된 적이 한 번도 없다. 현대 비극에서도 이처럼 남성보다 우월한 여성들이 존재한다. 어쨌든 셰익스피어의 작품들(말로나 존슨의 작품은 아니지만 웹스터의 작품과는 비슷하게)을 얼핏 살펴봐도, 로잘린드에서 맥베스 부인에 이르기까지 이들은 극에서 꾸준히 주도권을 행사해왔다. 라신의 작품도 마찬가지다. 그의 비극 중 여섯 편의 제목이 여주인공의 이름을 땄다. 에르미온과 앙드로마크, 베레니스와 록산, 페드르와 아탈리에 필적할 만한 남성 인물들을 댈 수 있는가? 그래서 다시 입센의 작품으로 돌아가보면, 솔베이그와 노라, 헤다와 힐다 반겔, 레베카 웨스트에 대적할 만한 남성이 있을까?" _F. L. 루카스, 《비극》.

끼워준 어느 부모의 아들에 딸린 노예였습니다. 문학에서는 그녀의 입술에서 영감을 주는 말들, 심오한 생각들이 흘러나옵니다. 그러나 현실에서 그녀는 거의 읽을 줄도 모르고 쓸 줄도 모르는, 남편의 재산에 지나지 않았습니다.

확실히 이것은 역사가들의 글을 먼저 읽고 나중에 시인들의 글을 읽음으로써 만들어진 기묘한 괴물이었습니다. 독수리 날개가 달린 벌레, 혹은 부엌에서 소의 지방을 떼어내는 생명과 미의 요정이라고나 할까요. 하지만 이런 괴물을 상상하기가 아주 재미있더라도 현실에는 존재하지 않습니다. 그러므로 우리가 그녀를 소생시키기 위해서 해야 할 일은 시적으로 그리고 동시에 산문적으로 생각하는 겁니다. 그래서 사실(그녀는 마틴 부인이고 서른여섯 살이며 푸른 드레스를 입고 검은 모자를 쓰고 갈색 구두를 신고 있다는 것)과 또한 픽션(그녀는 온갖 종류의 정신과 힘이 끊임없이 흐르는 번뜩이는 그릇이라는 점)을 잊어버리지 말아야 합니다. 하지만 엘리자베스 시대의 여성에게 이 방법을 적용해보려고 하면,

한 부분의 조명이 꺼지고 맙니다. 즉 구체적인 사실이 턱없이 부족합니다. 여성에 대해 실질적이고 상세한 사실은 아는 바가 없습니다. 역사에서 여성은 거의 언급되지 않으니까요. 그래서 나는 다시 트리벨리언 교수에게는 역사가 어떤 의미가 있는지 보기 위해 책을 펼쳤습니다. 각 장의 제목을 보면서 역사란 아래와 같은 내용을 의미한다는 것을 알게 되었습니다.

"중세 장원과 노지 경작 방법…… 시토 수도회와 목양업…… 십자군…… 대학…… 하원…… 백년전쟁…… 장미전쟁…… 르네상스 학자들…… 수도원의 해체…… 농민 투쟁과 종교적 갈등…… 영국 해군력의 근원…… 무적함대……" 이런 식으로 계속됐습니다. 이따금 엘리자베스와 메리 같은 여왕이나 귀부인이 언급되기도 했습니다. 그러나 가진 거라곤 우수한 두뇌와 개성밖에 없는 중산층 여성들은 역사의 그 위대한 흐름 어디에도 나올 수 없었습니다. 그 흐름들이 모여 과거에 대한 역사가의 개념을 만드는 것인데 말이지요. 또한 과거의 일화들을 수집해놓은 책에서도 여성은 보이지 않았습니다. 오브리[27]는 여성을 거의 언급하지 않았어요. 또 여성은 자신의 생활을 글로 옮기는 법이 없으며 일기도 거의 쓰지 않습니다. 단지 편지만 몇 통 남아 있습니다. 여성은 우리가 그녀를 판단할 기준이 될 만한 희곡이나 시 한 편 남기지 않았습니다. 우리가 필요한 것은 대량의 정보입니다. 왜 뉴넘이나 거턴 대학의 똑똑한 학생들은 그것을 제공하지 않을까요? 여자들이 몇 살에 결혼하고 통상 아이는 몇 명이나 낳았는가, 집은 어땠을까, 그녀에게 자기만의 방이 있었나, 직접 요리를 했을까, 하인을 두고 싶어 했을까. 이 모든 사실들은 어딘가, 아마도 교구 등기부와 회계장부에 남아 있을 것입니다. 엘리자베스 시대에 살았던 평범한 여성의 생활에 대한 기록이 어딘가에 흩어져 있어 누군가 그것을 모아서 책으로 출간할 수도 있을 겁니다. 나는 책장에 없는 책을 찾으며 생각했지요. 그 유명한 대학의 학생들에게 역사를 다시 쓰라고

27 17세기 영국 작가 존 오브리. 당시 명사들의 사소한 기록들을 모은 《소전기집Brief Lives》을 썼다.

제안하는 것은 내가 그러모을 수 있는 용기를 훌쩍 넘어서는 아주 대담한 행동일 거라고요. 비록 역사라는 것이 사실 약간 기묘하고 비현실적이며 한쪽으로 기운 듯이 보인다는 점은 인정하지만 말입니다. 그러나 그들이 역사에 부록을 한 장 추가하면 안 되는 걸까요? 물론 거기에 여성이 적당히 등장할 수 있게 눈에 띄지 않는 제목을 붙이고 말이죠. 왜냐하면 종종 위인들의 전기에서 여성이 뒤쪽 배경으로 얼른 물러나거나, 윙크하거나 미소를 짓거나 혹은 눈물을 감추는 모습을 흘끗 보게 되거든요. 어쨌든 우리는 제인 오스틴의 생애에 대해서는 충분히 알고 있습니다. 조애나 베일리의 비극이 에드거 앨런 포의 시에 미친 영향을 다시 고려할 필요는 없을 테고요. 나로서는 메리 러셀 미트퍼드의 집과 그녀가 자주 다니던 곳들이 최소한 100년 동안 대중에게 공개되지 않는다 하더라도 개의치 않습니다. 그러나 다시 책장을 바라보면서 생각할 때 유감스러운 점은 18세기 이전의 여성들에 대해서는 알려진 바가 전혀 없다는 사실입니다. 내 마음속에서 이리저리 되작여볼 만한 모델이 하나도 없습니다. 여기서 나는 엘리자베스 시대에 여성들이 왜 시를 쓰지 않았는지 묻고 있지만, 그들이 어떤 교육을 받았는지, 글 쓰는 법을 배우긴 했는지, 자기만의 방이 있었는지, 스물한 살이 되기 전에 출산한 여자는 얼마나 되었는지, 간단히 말해 그들이 아침 8시부터 밤 8시까지 무엇을 했는지 하나도 모르고 있습니다. 그들은 분명히 돈이 없었습니다. 트리벨리언 교수에 따르면 그들은 좋건 싫건 아이 방에서 나오기도 전인 대략 열다섯 살이나 열여섯 살쯤 결혼했을 가능성이 아주 큽니다. 이러한 사실만을 놓고 보더라도 만일 그들 중 누군가가 갑자기 셰익스피어의 희곡 같은 글을 썼다면 그것은 대단히 기이한 일이었을 겁니다. 지금은 죽었지만 아마 생전에 주교였던 한 노신사가 과거든 현재든 또 미래에서든 여성이 셰익스피어와 같은 재능을 갖는 것은 불가능하다고 선언했던 일이 생각납니다. 그는 신문에 그 주제로 글을 썼습니다. 또한 자신에게 문의한 어떤 부인에게는 고양이는 사실 천국에 가지 않는다고 말하면서 그래도 고양이들에게도 일종의 영혼은 있다고 덧붙였습니다. 이러한 노신사들이 우리가 생각할 거리를 얼마나 많이 덜어주었는지요! 그들이 다가가면 무지의 경계가 깜짝 놀라 뒷걸음을 치겠지요! 고양이들은 천국에 가지 않는다. 여성은 셰익스피어의 희곡을 쓸 수 없다.

그렇긴 하지만 책장에 꽂힌 셰익스피어의 작품들을 보면서 나는 그 주교가 최소한 이 문제에서는 옳았다고 생각하지 않을 수 없었습니다. 즉 어떤 여성이 셰익스피어 시대에 셰익스피어의 희곡과 같은 작품을 쓴다는 것은 완전히 그리고 전적으로 불가능했을 겁니다. 그 시대에 대한 실질적인 사실은 찾기 어려우니 한번 상상해 보도록 하겠습니다. 셰익스피어에게 놀랄 만한 재능을 가진 누이, 이를테면 주디스라는 누이가 있었다면 어떤 일이 일어났을까요? 셰익스피어가 문법학교에 다녔을 거라는 점은 거의 확실합니다. 그의 어머니가 유산 상속인이었으니까요. 그곳에서 그는 라틴어—오비디우스, 베르길리우스, 호라티우스—와 문법의 기초와 논리학을 배웠을 겁니다. 잘 알려져 있다시피, 그는 토끼를 밀렵하고 사슴을 사냥한 거친 소년이었으며, 이웃에 사는 여자와 너무 이른 나이에 결혼했고, 그 여자 역시 너무 일찍 아기를 낳았습니다. 그런 일련의 무모한 행위 때문에 그는 출세의 길을 찾아 런던으로 갔습니다. 그는 연극에 재미를 들였습니다. 그래서 무대 출입구에서 말을 돌보는 시종으로 연극 생활을 시작했지요. 곧 극장에서 일자리를 얻었고 배우로 성공해 우주의 중심에서 살았습니다. 무수한 사람들을 만나 대단한 인맥을 형성했고, 연기를 갈고닦고, 길거리에서 재치를 발휘하고, 심지어 여왕의 궁전에 출입했습니다. 그동안 비범한 재능을 가진 그의 누이는 집에 남아 있었다고 가정해봅시다. 그녀도 셰익스피어만큼이나 모험심이 강하고 상상력이 풍부하며 세상에 대한 호기심으로 가득 차 있었습니다. 그러나 그녀는 학교에 갈 수 없었습니다. 그녀에게는 호라티우스와 베르길리우스를 읽을 기회는커녕 문법과 논리학을 접할 기회조차 없었습니다. 그녀는 가끔 책을, 아마도 오빠의 책이었겠지만, 집어 들고 몇 쪽을 읽었지요. 그러면 부모님이 들어와서, 양말을 수선하거나 스튜를 끓이는 데 집중할 것이지 책이나 논문 따위를 붙잡고 허송세월하지 말라고 했습니다. 부모님은 따끔하게 야단쳤지만 애정에서 비롯된 말이었습니다. 부모님은 여자들의 삶의 실상을 아는 현실적인 사람들이었으며, 딸을 사랑했기 때문입니다. 사실 아버지는 그녀를 애지중지했을 겁니다. 어쩌면 그녀는 사과를 보관한 다락방에서 남다르게 몇 쪽을 휘갈겨 썼다가 몰래 숨기거나 불에 태워버렸을지도 모릅니다. 그녀는 스무 살이 되기도 전에 이웃에 사는 양털 중개상의 아들과 약혼하게 되었습니다. 그리고 그 결혼이 혐오스럽다고 소리쳤다가 아버지에게 심하게 맞았습니다. 그러고 나서 아버지는 딸을 더 이상 꾸짖지 않고 대신 자신을 속상하게 하지 말라고, 혼사 문제로 더 이상 동네 창피하게 하지 말아달라고 사정했습니다. 아버지는 그녀에게 목걸이나 고급 페티코트를 사주겠다고 말했지요. 그의 눈에 눈물이 고였습니다. 그녀가 어떻게 아버지의 말을 거역할 수 있겠습니까? 어떻게 아버지를 슬프게 할 수 있겠습니까? 그러나 재능에서 비롯된 힘이 그녀를 몰아쳤습니다. 그녀는 조그마한 짐을 꾸려 어느 여름날 밤 창문에서 밧줄을 타고 내려와 런던으로 가는 길을 떠났습니다. 열일곱도 채 안 된 나이였습니다. 산울타리에서 노래하는 새들도 그녀보다 더 음악적일 수는 없었을 겁니다. 그녀는 오빠와 똑같은 재능, 즉 단어의 음조에 뛰어난 감이 있었습니다. 셰익스피어처럼 연극을 좋아한 그녀는 무대 출입구에 서서 연기를 하고 싶다고 말했지요. 남자들은 그녀의 면전에서 웃음을 터뜨렸습니다. 뚱뚱한 수다쟁이인 감독은 큰 소리로 웃었습니다. 그리고 여자가 연기를 하는 것은 푸들이 춤추는 것과 마찬가지라고 고함을 지르면서 어떤 여자도 배우가 될 수 없다고 단언했지요. 그가 넌지시 뭔가를 암시했는데, 무슨 말을 했는지 여러분은 상상할 수 있을 겁니다. 그녀의 재능은 훈련을 받을 수 없었어요. 심지어 그녀가 선술집에서 저녁을 먹거나 한밤중에 길거리를 배회할 수 있었을까요? 하지만 그녀에겐 픽션에 대한 재능이 있었고, 남자들, 여자들의 삶과 생활 방식을 풍부하게 보고 연구하기를 갈망했습니다. 마침내—그녀는 아주 젊은 데다 회색 눈에 동그란 이마가 기이할 정도로 시인 셰익스피어를 닮았기 때문에—배우 매니저인 닉 그린이 그녀를 동정하게 됐습니다. 그녀는 그 신사의 아이를 임신했다는 걸 알아차렸고 그래서—여자의 몸속에 갇혀 엉망으로 뒤엉킨 시인의 열정과 열기를 그 누가 비판할 수 있나요—어느 겨울밤 스스로 목숨을 끊어 지금은 엘리펀트앤드캐슬 외곽의 버스 정류장 근처 교차로 어딘가에 묻혀 있습니다.

만일 셰익스피어 시대에 한 여성이 셰익스피어와 같은 재능을 가지고 있었더라면, 이야기가 아마도 이렇게 전개되었을 것입니다. 그러나 나는 세상을 떠난 그 주교님(그가 주교였음이 확실하다면)의 말에 동의합니다. 셰익스피어 시대에 어떤 여성이 셰익스피어와 같은 재능을 갖는다는 것은 생각할 수도 없는 일입니다. 왜냐하면 그 같은 천재가 배우지 못하고 노동하며 노예처럼 사는 사람들 중에서 태어나는 경우는 없으니까요. 그런 천재는 영국의 색슨족이나 브리튼족에서 태어난 적이 없고 오늘날 노동 계층에서도 태어나지 않습니다. 그렇다면 그런 천재가 어떻게 여성으로 태어날 수 있겠습니까? 트리벨리언 교수에 의하면 여성들은 미처 성인이 되기도 전부터 부모들의 강요와 법과 관습에 따라 집안일을 시작해야 했으니 말입니다. 그러나 노동 계급에서도 가끔 천재가 나오는 것처럼, 분명 여성 천재도 존재했을 겁니다. 가끔 에밀리 브론테 같은 소설가나 로버트 번스 같은 시인이 밝게 타올라 그런 천재가 있다는 사실을 입증합니다. 그러나 분명 그 천재성은 글로 옮겨지지 못했습니다. 하지만 사람을 피해 달아나는 마녀, 귀신 들린 여자, 약초를 파는 현명한 여인, 또는 어느 탁월한 남성의 어머니에 관해서 읽게 될 때, 우리는 사라진 소설가나 억눌린 시인, 즉 제인 오스틴이나 에밀리 브론테와 같은 재능이 있지만 그 재능으로 인해 고통 받다가 황무지에서 발광하여 자신의 머리를 부숴버리거나 정신을 놓고 길거리를 방황하는 말없는 작가를 추적할 실마리를 얻게 된다고 생각합니다. 실제로 나는 많은 시를 쓴 익명의 작가들 중 상당수가 여성이었을 거라고 과감하게 추측해봅니다. 에드워드 피츠제럴드[28]는 발라드나 민요를

28 19세기 영국의 시인, 번역가.

만들어내어 조용히 부드럽게 아이들에게 불러주거나, 이야기를 지어내어 기나긴 겨울밤을 잊게 한 사람들이 바로 여성이었음을 암시한 적이 있습니다.

이것은 사실일 수도 있고 그렇지 않을 수도 있습니다. 누가 알 수 있겠습니까. 그러나 내가 지어낸 셰익스피어 누이의 이야기를 검토하면서 든 생각은, 그 이야기에서 사실이라고 할 수 있는 점은, 비범한 재능을 가지고 16세기에 태어난 여성은 틀림없이 미치거나 총으로 자살하거나 또는 마을 끄트머리의 외딴 오두막에서 절반은 마녀, 절반은 요술쟁이로 마을 사람들의 공포와 조롱의 대상이 되어 일생을 끝마쳤을 거라는 것입니다. 탁월한 재주를 가지고 시적 재능을 발휘해보려고 시도한 여성은 틀림없이 다른 사람들에 의해 방해받고 저지되었으며 자기 내면에 존재하는 모순된 본능들로 고통 받고 갈가리 찢겨 틀림없이 육체적 건강과 온전한 정신을 잃었을 거라는 점을 별다른 심리학적 지식 없이도 확신할 수 있기 때문입니다. 어떤 소녀도 런던까지 걸어가서 무대 출입구에 서 있다가 배우 매니저가 있는 곳으로 밀고 들어가려 했다면 참혹한 폭력의 희생자가 되지 않을 수 없었을 것이고, 부당하지만(순결이란 일부 사회에서 알 수 없는 이유로 만들어낸, 병적인 집착의 대상이었으니까요) 그로 인해 피할 수 없는 고뇌를 겪지 않을 수 없었을 겁니다. 그 당시 순결이란, 지금도 거의 마찬가지이지만, 여자들의 생활에서 종교만큼이나 중요해서 여성의 정신과 영혼을 휘감은 채 철저히 속박했기에 그것을 잘라내서 대낮의 햇빛에 드러내려면 극히 드문 용기가 필요했을 겁니다. 시인이나 극작가인 여성에게 16세기의 런던에서 자유로이 생활한다는 것은 항상 신경이 곤두선 채 딜레마에 시달린다는 걸 의미했기 때문에 결국 그녀는 죽을 수밖에 없었을 겁니다. 만약 살아남았다면 그녀가 뭘 썼든 항상 긴장하는 생활에서 우러나온 병적인 상상력의 소산이었으므로 비틀리고 기형인 작품이 되었겠지요. 그리고 여성이 쓴 희곡이 단 한 편도 없는 책장을 바라보며 생각해보니 분명 그녀의 작품은 서명되지 않은 채 출간되었을 겁니다. 틀림없이 그녀는 그 도피처를 찾았을 겁니다. 그것은 19세기까지도 여성에게 익명을 요구한 순결 문화의 유물이었습니다. 커러 벨, 조지 엘리엇, 조르주 상드,[29] 이들의 작품이 입증하듯이 이 내적 갈등의 희생자들은 남성의 이름을 사용함으로써 자신의 정체를 숨기려 했지만 별 효과는 없었습니다. 그렇게 이들은 남성이 직접 주입하지는 않았더라도 적극적으로 독려한 관습(여성에게 있어 최고의 명예는 사람들의 입에 오르지 않는 거라면서, 자기는 대단히 많이 거론되는 페리클레스가 말했습니다), 즉 여성이 유명해지는 것은 혐오스러운 일이라는 사회적 관습에 경의를 표한 겁니다. 여성의 혈관에는 익명성이 피처럼 흐르고 있습니다. 여성들은 아직도 스스로를 베일로 가리려는 욕구에 사로잡혀 있습니다. 여성들은 지금도 자신이 얼마나 유명한지에 대해 남자들만큼 신경 쓰지 않으며, 대체로 묘비나 길 안내판을 지나면서 거기에 자신의 이름을 새겨 넣고 싶은 억누를 수 없는 욕망을 느끼지도 않

29 커러 벨은 샬럿 브론테가 사용한 필명이고, 조지 엘리엇과 조르주 상드는 본명인 메리 앤 에번스, 아망틴 오로르 루실 뒤팽 대신 남자 이름으로 작품 활동을 했다.

습니다. 앨프, 버트, 체스와 같은 남성들은 멋있는 여자 또는 개라도 한 마리 지나가는 것을 보면 "저건 내 거야" 라고 본능적으로 중얼거리는데 말입니다. 물론 그것은 단지 개 한 마리가 아니라 땅이거나 검은 고수머리의 남자일 수도 있을 거라고, 런던의 팔러먼트 스퀘어와 베를린의 지게스 알레, 그 밖의 대로들을 떠올리며 생각했습니다. 아주 근사한 흑인 여성을 영국 여자로 만들고 싶다고 느끼지 않으면서 지나칠 수 있는 것은 여성만이 누리는 커다란 장점이라 할 수 있습니다.

그러니까 16세기에 시적 재능을 가지고 태어난 여성은 자신과 싸워야 하는 불행한 여성이었을 겁니다. 그녀가 지닌 삶의 모든 조건과 모든 본능은, 두뇌에 있는 그 재능을 자유롭게 풀어놓기 위해 필요한 마음 상태와 철저히 어긋났을 겁니다. 그러나 창조 행위에 가장 이로운 정신 상태는 어떠한 것일까요? 그 낯선 행위를 가능케 하고 발전시키는 상태를 구현할 수 있을까요? 여기서 나는 셰익스피어의 비극들을 수록한 책을 펼쳐 들었습니다. 가령 셰익스피어가 《리어 왕》과 《안토니와 클레오파트라》를 썼을 때 그의 정신 상태는 어땠을까요? 확실히 그것은 지금까지 존재해온 마음들 중에서 시를 쓰기에 최적의 상태였습니다. 그러나 셰익스피어 본인은 그에 대해 침묵을 지켰습니다. 우리는 그저 그가 "한 줄도 지우지 않았다"라는 사실만 우연히 알고 있을 따름입니다. 예술가가 자신의 정신 상태에 대해 조금이라도 언급하게 된 것은 아마 18세기 이후일 것입니다. 루소[30]가 그런 전통을 처음 시작했을 텐데, 어쨌든 19세기에 자의식이 상당히 발달하면서 문인들이 고백록이나 자서전에 자신의 정신 상태를 묘사하는 것이 관행이 되었습니다. 또한 그들의 전기가 쓰였고 사후에 편지도 인쇄되었습니다. 그래서 우리는 셰익스피어가 《리어 왕》을 썼을 때 어떤 정신 상태였는지는 모르지만, 칼라일이 《프랑스 혁명》을 썼을 때 어떤 일을 겪었으며, 플로베르가 《보바리 부인》을 썼을 때 어떤 마음이었는지, 또 키츠[31]가 다가

30 18세기 프랑스의 작가 겸 사상가 장 자크 루소.

31 19세기 초 활동한 영국 시인 존 키츠.

오는 죽음과 무심한 세상에 대항하여 시를 쓰려고 했을 때 어떤 괴로움이 있었는지 알고 있습니다.

그리고 현대의 흔하디흔한 자기고백 문학과 자기분석 문학으로 봐서 걸작을 쓴다는 건 어마어마한 시련을 거치며 달성한 위업이라는 것을 짐작할 수 있습니다. 그런 작품이 작가의 마음에서 완벽한 상태로 나올 가능성을 방해하는 요인들이 도처에 있습니다. 대체로 물질적 환경이 호의적이지 않습니다. 개들이 짖어대고, 사람들이 방해하고, 돈을 벌어야 하고, 건강이 악화될 겁니다. 게다가 이 모든 고난을 가중시키는 것도 모자라 더 견디기 힘들게 만드는 것은 세상의 악명 높은 무관심입니다. 세상은 사람들에게 시나 소설, 역사를 쓰라고 부탁하지도 않고 필요로 하지도 않습니다. 세상은 플로베르가 정확한 단어를 찾든지 말든지, 칼라일이 꼼꼼하게 이런저런 사실을 입증하든지 말든지 개의치 않습니다. 물론 세상은 자신이 원하지 않는 것에 대해 보상을 해주는 법도 없죠. 그래서 키츠나 플로베르, 칼라일 같은 작가들은 특히 창조에 대한 열망이 왕성한 젊은 시절에 온갖 형태의 방해와 좌절을 겪습니다. 자기분석과 고백을 담은 이런 책에서는 저주와 고통의 비명이 들리기 마련입니다. "비참하게 죽은 탁월한 시인들"[32], 이것이 노래를 부르는 그들이 져야 하는 짐입니다. 이 모든 시련에도 불구하고 무엇인가가 나온다면 그건 기적입니다. 그리고 처음에 구상한 대로 온전하게 그대로 나오는 책은 없습니다.

그러나 여성들에게 이러한 시련은 무한히 가중된다고, 나는 텅 빈 책꽂이를 보며 생각했습니다. 먼저, 여성이 조용한 방이나 방음장치가 된 방을 갖는 건 고사하고, 자기만의 방을 갖는 것조차 부모의 재력이 대단하거나 높은 신분의 귀족이 아니라면 19세기 초까지는 전적으로 불가능한 일이었습니다. 아버지의 인심에 달려 있던 얼마 안 되는 용돈으로는 옷을 사 입는 것으로 족하니 그녀는 키츠나 테니슨, 칼라일과 같은 가난한 남성들에게도 허용되었던 도보 여행이나 짧은 프랑스 여행, 누추한 곳이라 하더라도 그들을 가족의 압제와 권리 주

32 19세기 영국 시인 윌리엄 워즈워스의 시구절.

장으로부터 보호해줄 독립된 숙소 등 그녀의 고통을 덜어줄 수 있는 것으로부터 철저히 제외되었습니다. 그런 물질적인 고통도 컸지만, 비물질적인 시련은 더욱 가혹했습니다. 키츠와 플로베르와 그 밖의 천재적인 남성들이 세상의 무관심에 힘들어했다면 그녀는 무관심 정도가 아니라 적대감에 시달려야 했으니까요. 세상은 남자들에게 말하듯이 그녀에게 "원하면 써라, 나는 아무 상관 없으니까"라고 하지 않았습니다. 세상은 박장대소하며 "네가 글을 쓴다고? 네가 글을 써서 어디에 써먹을 건데?"라고 말했습니다. 나는 다시 한번 책장의 텅 빈 공간을 바라보면서 생각했습니다. 여기서 뉴넘과 거턴의 심리학자들이 우리를 도와주어야 한다고 말입니다. 지금은 유제품 회사에서 보통 우유와 일등급 우유가 쥐의 몸에 미치는 영향을 측정한 것처럼 예술가가 겪는 좌절이 그의 마음에 미치는 영향에 대해 측정해야 할 때입니다. 내가 본 그 유제품 검사에서 그들은 쥐 두 마리를 나란히 붙은 우리에 집어넣었는데 하나는 낯을 가리고 소심하며 몸집도 작은 데 반해 다른 한 마리는 털에 윤기가 흐르고 대담하며 몸집도 컸습니다. 자, 우리가 여성 예술가에게 어떤 먹이를 주었을까요? 나는 프룬과 커스터드가 나온 저녁 식사를 떠올리며 자문했습니다. 이 질문에 답하려면 석간신문을 펼치고 버컨헤드 경의 견해를 읽기만 하면 됩니다. 하지만 여성의 글에 대한 버컨헤드 경의 견해를 번거롭게 여기에 베끼진 않겠습니다. 잉주임 사제의 의견도 언급하지 않겠습니다. 할리 가[33]의 전문의가 고함을 질러 거리의 메아리를 일깨운다 해도 나는 머리카락 한 올 까딱하지 않을 겁니다. 하지만 오스카 브라우닝 씨는 인용하겠습니다. 왜냐하면 그는 한때 케임브리지 대학의 명물이었을 뿐 아니라 거턴과 뉴넘의 학생들에게 시험을 치르게 하곤 했기 때문입니다. 오스카 브라우닝 씨는 "어떤 답안지라도 검토하고 나면, 학점과 상관없이, 가장 뛰어난 여성이라 해도 가장 모자란 남성보다 지적인 면에서 열등하다는 인상이 남는다"라고 주장했습니다. 이 말을 한 후에 그는 자신의 방으

33 런던 중심부의 고급 병원 밀집 거리.

로 돌아갔다가(이렇게 이어지는 이야기가 그에게 인간미를 더해주고 그를 다소 크고 위풍당당한 인물로 만들어주지요) 마구간지기 소년이 소파에 누워 있는 것을 보았습니다. "해골같이 뺨이 푹 꺼지고 혈색이 나쁜 데다 이는 시커멓고 손발은 발육이 부진해 보였다…… '저 아인 아서로군.' (브라우닝 씨가 말했다.) '정말 고결한 마음을 지닌 녀석이야.'" 나에게는 이 두 가지 그림이 언제나 서로를 보완해주는 것으로 여겨집니다. 다행히도 인물에 대한 전기가 유행하는 요즈음, 이 두 개의 그림이 서로를 보완해주는 경우가 흔해서, 우리는 위인들의 견해를 그들이 하는 말뿐 아니라 행위에 근거해 해석할 수 있습니다.

하지만 요즘은 이렇게 해석할 수 있다고 쳐도, 50년 전만 해도 사회적으로 중요한 인물들의 입에서 흘러나오는 그러한 견해는 분명 강력한 영향력을 행사했을 겁니다. 한 아버지가 아주 숭고한 동기에서 자신의 딸이 집을 떠나 작가나 화가 또는 학자가 되기를 바라지 않았다고 가정해봅시다. "오스카 브라우닝 씨가 뭐라고 말하는지 한번 봐라." 아버지는 이렇게 말할 것입니다. 오스카 브라우닝 씨만 있었던 것도 아닙니다. 《새터데이 리뷰》도 있었고, 그레그 씨("여성이란 존재의 본질은 남성의 부양을 받고 남성의 시중을 드는 것이다"라고 역설했지요)도 있습니다. 여성에게 지적으로 기대할 만한 것은 전혀 없다는 취지를 역설한 남성의 의견들이 산더미처럼 쌓여 있습니다. 그 아버지가 이런 글들을 소리 내어 읽어주지 않았더라도 어떤 소녀든 직접 읽을 수 있었으며 그렇게 해서, 심지어 19세기에도, 그녀의 활력은 떨어지고 작업하는 데도 심각한 영향을 받았을 겁니다. 시대를 통틀어 여성들에게는 언제나 이의를 제기하고 극복해야 할 주장들—이것을 해서는 안 된다, 저것도 할 수 없다—이 있었습니다. 아마도 소설가에게는 이 병균이 더 이상 별다른 영향을 미치지 않았을 겁니다. 왜냐하면 훌륭한 여성 소설가들이 이미 있었으니까요. 그러나 화가에게 그것은 여전히 톡 쏘면서 쓰라린 상처를 남기고, 음악가에게는 지금도 번식하고 있는 극히 유해한 세균입니다. 현대의 여성 작곡가는 셰익스피어 시대의 여배우가 처했던 입장에 서 있습니다. 내가 셰익스피어의 여동생에 대해 지어낸 이야기를 떠올려보면, 닉 그린은 연기하는 여자는 춤추는 개를 연상시킨다고 말했습니다. 약 200년 뒤에 존슨 박사가 설교하는 여성에 대해서 똑같은 표현을 반복했지요.[34] 지금도 음악에 관한 책을 펼쳐보면 1928년 현재 작곡을 하려는 여성에 대해 똑같은 말이 나오는 걸 알 수 있습니다. "제르맹 테유페르 양에 대해서는 여성 설교자에 대한 존슨 박사의 격언을 음악 용어로 바꾸면 됩니다. '선생, 여성이 작곡하는 것은 개가 뒷다리로 걸어 다니는 것과 마찬가지인 셈입니다. 그런 일은 제대로 되지도 않지만 어쨌든 그런 일이 일어난다는 점이 놀랍지요.'"[35] 이처럼 역사는 정확히 반복되고 있습니다.

그래서 나는 오스카 브라우닝 씨의 전기를 덮고

34 18세기 영국의 평론가 새뮤얼 존슨이 "여성이 설교하는 것은 개가 뒷다리로 걸어 다니는 것과 같다"라고 말한 것을 가리킨다.

35 [원주] 세실 그레이, 《현대 음악 연구》.

나머지 책들을 밀어내며 결론을 내렸습니다. 19세기에도 여성은 예술가가 되도록 독려받지 못했다고요. 오히려 여성은 모욕을 당하고, 뺨을 맞고, 설교와 훈계를 들었습니다. 여기에 항의하고, 그런 주장에 반박해야 한다는 필요성 때문에 여성들은 지나치게 긴장하고 위축됐을 겁니다. 여기서 다시 한번 우리는 여성운동에 크나큰 영향력을 행사해온 아주 흥미롭고도 모호한 남성의 콤플렉스에 다가가게 됩니다. 그것은 '여성'의 열등성보다는 '남성'의 우월성을 바라는 뿌리 깊은 욕망으로 남성을 예술뿐 아니라 세상만사 전면에 내세워서 도처에 서 있게 함으로써 여성의 정계 진출도 막고 있습니다. 심지어 남성에게 미치는 위험이 극히 미미하고, 그 세계로 들어오려고 간청하는 사람들이 겸손하며 헌신적일 때라도 그렇지요. 레이디 베스버러조차 정치에 대한 열정을 지니고도 굴욕적으로 고개를 숙이며 그랜빌 레버슨 가워 경[36]에게 편지를 써야 합니다. "……정치에 있어 내 열의

36 19세기 영국의 정치가.

가 아주 높고 그 주제에 대해 토론을 많이 하긴 했지만, 나는 어떤 여성이라도 (요청을 받는다면) 자신의 의견을 제시하는 것을 넘어서 여러 가지 진지한 사안에 간섭하고 참견할 권리가 없다는 선생의 견해에 전적으로 동의합니다." 그래서 그녀는 아무런 장애와도 맞닥뜨리지 않을 곳, 즉 하원에서 그랜빌 경이 하게 될 첫 연설이라는 대단히 중요한 주제에 자신의 열정을 쏟게 됩니다. 그 상황이 참 기이하다는 생각이 들었습니다. 여성해방에 대한 남성들의 저항의 역사는 어쩌면 해방 그 자체의 역사보다도 더 흥미롭습니다. 만일 거턴이나 뉴넘의 어떤 젊은 학생이 사례를 수집하여 이론을 끌어낸다면 아마 재미있는 책이 만들어지겠지요. 하지만 그 여학생은 자신의 소중한 보물을 지키기 위해 손에 두꺼운 장갑을 끼고 막대기를 들어야 할 겁니다.

레이디 베스버러의 책을 덮으며 회상하건대, 지금은 우스꽝스럽게 여겨지는 생각들이 과거에는 대단히 심각하게 받아들여졌을 겁니다. 지금은 '수탉들의 울음소리'라는 꼬리표가 붙은 책에서 발췌해서 여름밤에 엄

선된 청중에게 읽어주기 위해 보존한 그 견해들이 한때는 무수한 여성들의 눈물을 자아냈다고 장담할 수 있습니다. 여러분의 할머니와 증조할머니 중에서도 눈이 빠져라 통곡한 사람이 많을 겁니다. 플로렌스 나이팅게일도 고통스러워 날카로운 비명을 질렀습니다.[37] 더욱이, 대학에 들어왔고 자기만의 방, 아니면 단칸 셋방이라도 있는 여러분이 천재들은 그런 견해를 무시해야 하며 자신에 대한 여론 따위에 마음 쓰지 말아야 한다고 말하는 것은 당연합니다. 그러나 유감스럽게도, 자신에 관한 이야기에 가장 신경을 많이 쓰는 사람들이 바로 천재들입니다. 키츠를 떠올려보세요. 그가 자신의 묘비에 새기게 한 문구를 기억해보세요. 테니슨도 생각해보고. 그러나 자신에 대한 이야기에 지나치게 신경 쓰는 것이 예술가의 본성이라는 안타깝지만 부정할 수 없는 사실을 자꾸 예로 들 필요는 없겠죠. 문학은 비상식적일 정도로

37 [원주] R. 스트레이치의 《대의》에 수록된 플로렌스 나이팅게일의 《카산드라》 참조.

타인의 의견에 신경 쓰다 파멸해버린 사람들의 잔해가 사방에 널려 있습니다.

그리고 창조적인 작업을 하는 데 어떤 마음 상태가 가장 이로울까, 라는 원래의 질문으로 되돌아가서 생각해보면 감수성이 민감하다는 점은 이중으로 불운한 일입니다. 내 앞에 있는《안토니와 클레오파트라》를 보면서 추측건대, 예술가의 마음은 자기 안에 존재하는 작품을 흠 없이 완전하게 풀어놓으려는 엄청난 노력을 기울이려면 셰익스피어의 마음처럼 열정적이어야 합니다. 그 안에 어떤 장애물이 있어서도 안 되고, 깡그리 태워버릴 수 없는 이물질이 남아서도 안 됩니다.

우리는 셰익스피어의 심리 상태에 대해 아무것도 알지 못한다고 말하지만, 그 말 자체가 이미 그것에 대한 어떤 이야기를 하고 있는 겁니다. 아마도 우리가 셰익스피어에 대해서—던이나 벤 존슨,[38] 밀턴과 비교해볼

38 존 던은 17세기 영국의 시인 겸 성직자, 벤 존슨은 17세기 영국의 시인, 극작가, 평론가.

때—거의 알지 못하는 이유는 그의 원한이나 앙심, 반감이 숨겨져 있기 때문입니다. 그의 작품에는 작가를 상기시키는 어떤 '계시'가 나타나 독자를 방해하지 않습니다. 항의하고, 설교하려는 욕구, 자신이 겪은 마음의 상처를 드러내거나 보복하려는 욕구, 자신이 겪은 고난이나 불만에 대한 증인으로 세상을 소환하려는 그 모든 욕구가 전부 불타올라 소진되었습니다. 그래서 그의 시가 거침없이 자유롭게 흐르는 겁니다. 자신의 작품을 온전히 표현해낸 사람이 있다면 그는 바로 셰익스피어였습니다. 다시 한번 책장을 보면서 생각하는데 그 어느 것에도 방해받지 않고 정열적으로 타오를 수 있는 마음이 있었다면 그것은 셰익스피어의 마음이었던 겁니다.

4

16세기에 그러한 심리 상태에 있는 여성을 발명하기란 분명 불가능한 일이었습니다. 어린 자식들이 손을 모으며 무릎을 꿇고 모여 있는 엘리자베스 시대의 묘비를 생각해보면, 또 젊은 나이에 세상을 떠난 여성들과 비좁고 어두운 방들이 있는 그들의 집을 떠올려보면, 어떤 여성도 당시에 시를 쓸 수 없었으리라는 사실을 깨닫게 됩니다. 그나마 어느 정도 시간이 흐른 후에 어떤 위대한 귀부인이 상대적으로 자유롭고 안락한 환경에서 괴물이라고 생각될 위험을 무릅쓰고 자신의 이름을 밝히고 출판한 작품을 찾을 수 있을지도 모릅니다. 레베카 웨스트 양의 "어이없는 페미니즘"에서 조심스럽게 거리를 두면서 생각하지만 물론 남성들이 속물은 아닙니다. 그들은 시를 쓰려는 백작부인의 노력을 동정하며 호의적으로 평가합니다. 그 당시 작위가 있는 귀부인은 무명의 오스틴 양이나 브론테 양보다 훨씬 큰 격려를 받았을 겁니다. 그러나 그녀의 마음은 두려움과 증오 같은 이질적인 감정으로 어지러웠으며, 시에도 그런 흔적이 나타났을 거라고 짐작할 수 있습니다. 예를 들어 레이디 윈칠시가 있습니다. 나는 그녀의 시집을 책장에서 꺼내며 생각했습니다. 그녀는 1661년 귀족 가문에서 태어나 귀족에게 시집을 갔습니다. 그녀는 자식이 없었고, 시를 썼습니다. 그녀의 시들을 펼쳐보면 여성의 지위에 대해 분노하고 있었다는 점을 알 수 있습니다.

> 우리는 어떻게 추락했나! 그릇된 규칙들 때문에 추락했지,
>
> 타고난 바보가 아니라 교육이 만들어낸 바보.
>
> 모든 정신의 향상이 금지되고,

우둔하리라 예상하고 설계된 존재.
누군가 더 열렬한 상상력으로 솟구치려 하면,
펼쳐보려던 야심은 제압되고,
너무도 강력한 적이 나타나,
성장의 희망은 두려움을 이기지 못하지.

확실히 그녀의 마음은 "모든 장애물을 활활 태워버리고 열정적"이 되지 못했습니다. 오히려 증오와 불만에 시달리고 분열되어 있습니다. 그녀에게 인류는 두 파로 갈렸습니다. 남성들은 '적'입니다. 남성을 증오하고 두려워하는 것은 그들이 그녀가 원하는 것, 즉 글쓰기를 막을 수 있는 권력을 가지고 있기 때문입니다.

아아! 펜을 드는 여성은 여겨지지,
주제넘은 인간이라고.
그 결점은 어떤 미덕으로도 만회할 수 없다지.
그들은 말하네, 우리가 우리의 성과 본분을 착각하고 있다고.

교양, 유행, 춤, 옷, 놀이,

이것이 우리가 바라야 할 성취라고.

쓰거나, 읽거나, 생각하거나, 질문하는 것은,

우리의 아름다움을 얼룩지게 하고, 시간을 고갈시키며,

우리를 향한 남성들의 무르익은 정복을 방해한다고.

반면 지루하고 노예 같은 집안 살림이

우리의 최고 기술이자 용도라고.

실제로 그녀는 자신의 글이 결코 출판되지 않을 거라고 가정해서 글을 쓰도록 스스로를 격려했으며 슬픈 노래로 자신을 위로했습니다.

몇몇 친구들에게, 그대의 슬픔에게 노래하노라,

월계관 숲은 그대에게 허락되지 않았으나,

그대의 그늘은 혼자서도 어두우니, 그곳에서 기꺼이 만족하라.

그러나 그녀의 마음이 증오와 두려움에서 해방되고 비통함과 분노를 쌓아 올리지 않을 수 있었다면, 그 내면에서 뜨거운 불길이 활활 타올랐으리라는 점은 분명합니다. 가끔 순수한 시구들이 보이니까요.

바래어가는 실크에도 쓰지 않으리,
그 비길 데 없는 장미가 힘없이 일어선다고.

머리Murry 씨는 공정하게 이러한 시구들을 칭찬합니다. 포프 씨는 다른 시구들을 기억해서 자신의 시에 도용했습니다.[39]

이제 노란 수선화가 허약한 머리를 압도해

39 윈칠시 백작부인(앤 핀치, 1661~1720)은 유명한 문학비평가 존 미들턴 머리가 1928년 자신의 책에 소개하면서 대중에게 알려졌으며, 알렉산더 포프와 퍼시 셸리에게 영향을 준 시인으로 평가된다. 포프는 1733년 자신의 글《남자에 관한 에세이》에서 "향기로운 고통 속에 죽은 장미"라는 시구를 썼는데, 울프는 이 시구가 윈칠시 백작 부인의 시구와 유사함을 지적하고 있다.

향기로운 고통 아래 우리는 쓰러지네.

이런 시를 쓸 수 있고 자연과 일체가 된 심오한 사고를 하는 여성이 분노와 비통함을 겪어야 했으니 참으로 유감스러운 일입니다. 그러나 그녀가 달리 어쩔 수 있었을까요? 나는 조롱과 폭소, 아첨꾼들의 과찬과 시인들의 회의적 태도를 상상하면서 자문했습니다. 그녀의 남편이 더없이 다정했고 그들의 결혼 생활이 완벽했더라도, 그녀는 분명 글을 쓰기 위해 틀림없이 스스로 시골의 어느 방에 갇혔을 것이고, 어쩌면 비통함과 망설임으로 마음이 갈가리 찢겼을 겁니다. '분명'이라고 표현한 이유는 레이디 윈칠시에 관한 사실들을 찾아보려고 할 때, 대개 그렇듯이, 그녀에 관해 알려진 사실이 거의 없음을 알게 되기 때문입니다. 그녀는 우울증으로 극심한 고통을 받았을 텐데, 우울증에 사로잡힌 그녀가 한 상상을 보면 그 점을 알 수 있습니다.

사람들은 내 시를 비난하고, 내 일은

쓸데없는 바보짓이나 주제넘은 결점이라 여기지.

사람들의 비난을 받은 그녀의 일은, 누구나 알 수 있듯이, 들판을 거닐며 공상하는 무해한 것이었습니다.

내 손은 독특한 것들을 더듬기 좋아하고
모두 다 아는 평범한 길에서 벗어나지,
바래어가는 실크에도 쓰지 않으리,
그 비길 데 없는 장미가 힘없이 일어선다고.

만일 그게 그녀의 습관이었고, 그런 것에서 즐거움을 느꼈다면, 그녀는 당연히 세상의 비웃음을 사리라 예상했을 것입니다. 포프 혹은 게이[40]가 그녀를 "끼적거리려는 욕망을 가진 블루스타킹[41]"이라고 풍자했다고 전

40 18세기 영국의 시인 겸 극작가 존 게이.

41 18세기 중반 런던에서 일군의 여성들이 만든 문학 토론 모임 '블루스타킹 소사이어티'에서 유래한 단어로, 주로 지적인 여성들에 대한 조롱의 의미로 쓰인다.

해집니다. 그녀도 거기에 응수해서 게이를 비웃어 그의 기분을 상하게 했다고 합니다. 그녀는 그의 《트리비아》를 보고 "그는 의자에 걸터앉기보다 의자 앞에 서서 걸어 다니는 게 더 맞는 사람"이라고 말했다지요. 하지만 이런 것들은 모두 "의심스러운 소문"이자 "흥미 없는 이야기"라고 머리 씨는 말합니다. 그러나 나는 생각이 다릅니다. 들판을 거닐고 독특한 것들을 생각하기 좋아했으며 아주 무모하고 어리석게도 "지루하고 노예 같은 집안 살림"을 경멸했던 이 우울한 귀부인의 이미지를 찾아내거나 만들어낼 수 있도록, 이런 의심스러운 소문이라도 더 많이 있었으면 하니까요. 하지만 머리 씨는 그녀가 산만해졌다고 말합니다. 그녀의 재능은 잡초가 무성하게 자라고 무수한 가시나무에 단단히 묶여 있었으니까요. 그 자체로 뛰어나고 훌륭한 재능이라는 것을 세상에 내보일 기회가 없었던 것입니다. 그래서 나는 그녀의 책을 다시 책장에 꽂고 또 다른 귀부인을 찾아보았습니다. 레이디 윈칠시보다 나이는 많지만 동시대인이었던 사람, 램이 사랑했던, 무모하고 환상적인 마거릿 뉴캐슬 공작부인입니다. 이 둘은 아주 달랐지만 귀족이고 자식이 없으며 남편들이 다 좋은 사람이었다는 공통점이 있습니다. 둘 다 시에 열정을 품었고, 같은 이유로 둘의 재능은 손상되고 망가졌습니다. 공작부인의 책을 펼치면 아까와 같은 분노의 폭발이 보입니다. "여성은 박쥐나 올빼미처럼 눈이 먼 채, 짐승처럼 일하다, 벌레처럼 죽는다……" 마거릿 역시 시인이 될 수 있었을 겁니다. 우리 시대에 태어났다면 이 모든 행위가 세상의 운명을 바꿀 수 있었을 겁니다. 실제로 그 야성적이고 제대로 교육받지 못한 풍부한 지성을 인류에 도움이 되도록 구속하고, 길들이고 교화할 수 있는 게 뭐가 있었을까요? 그 재능은 운문과 산문, 시와 철학의 급류에 휩쓸려 뒤죽박죽으로 쏟아져 나와 지금은 아무도 읽지 않는 사절판과 이절판 책들에 담겨 있습니다. 그녀는 손에 현미경을 들어야 했습니다. 아니면 별을 관측하고 과학적으로 추론하는 법을 배워야 했습니다. 그녀의 지성은 외로움과 자유 때문에 변질되고 말았습니다. 아무도 그녀의 재능을 확인하지 않았습니다. 아무도 그녀를 가르치지 않았지요. 교수들은 그녀에게 알랑거렸고, 궁정에 가면 조롱받았습니다. 에저턴 브리지스 경은 "궁정에서 성장한 높은 신분의 여성에게서 흘러나오는", 그녀의 "품위 없음"에 대해 불평했지요. 그녀는 홀로 웰벡에 틀어박혔습니다.

마거릿 캐번디시를 생각하면 얼마나 외롭고 황량한 광경이 떠오르는지요! 마치 거대한 오이가 쑥쑥 자라나 정원의 장미나 카네이션을 질식시켜버리는 것처럼 말입니다. "가장 잘 자란 여성은 가장 시민적인 마음을 가진 사람이다"라고 쓸 수 있었던 여성이 말도 안 되는 것들을 쓰고 모호함과 어리석음으로 점점 더 깊숙이 빠져들어 시간을 허비하는 바람에 마침내 그녀가 외출하면 사람들이 마차 주위로 몰려들 정도였다는 것은 그 얼마나 낭비입니까! 듣기로는 그 미쳐버린 공작부인은 똑똑한 소녀들을 겁에 질리게 하는 유령이 되었다더군요. 나는 공작부인의 책을 밀어 넣고, 그녀의 새 책에 관해 도로시가 템플에게 쓴 편지가 기억나 그 서한집[42]을 펼쳤

42 도로시 오스번 부인이 남편 템플 경에게 보낸 서한집.

습니다. "분명 그 불쌍한 여자는 약간 정신이 나갔나 봐요. 그렇지 않다면 책을 쓰려고 시도할 만큼, 그것도 운문으로 쓰려 할 만큼 그렇게 터무니없는 짓을 할 수 없었을 겁니다. 나라면 2주 동안 잠을 못 잔다 해도 그리되진 않을 텐데."

이처럼 생각이 제대로 박히고 정숙한 여자라면 책을 쓸 수 없으니, 감수성이 예민하고 우울하며 기질적으로 공작부인과는 정반대인 도로시는 아무것도 쓰지 않았습니다. 편지는 괜찮았습니다. 여성은 아버지의 병상을 지키고 앉아서 편지를 쓸 수 있었죠. 남자들이 대화하는 동안 그들을 방해하지 않고 난롯가에서 쓸 수도 있었습니다. 도로시의 서한집을 넘기면서 나는 교육도 못 받고 외로운 소녀가 문장을 짓고 장면을 만들어내는데 뛰어난 재능이 있다는 점이 신기했습니다. 다음 이야기를 들어보세요.

"저녁을 먹은 후 우리는 앉아서 이야기를 하다가 B 씨가 뭔가 물어보러 들어온 김에 나는 밖으로 나갔어요. 날이 더운 낮이라 책을 읽고 일을 하다가 6시나 7시쯤 바로 집 근처에 있는 공유지로 나갔어요. 어린 계집아이들 여럿이 그늘에 앉아 양과 암소를 지키며 발라드를 부르고 있었지요. 나는 그 애들에게 다가가서 그들의 목소리와 아름다움을 책에서 읽은 고대의 양치기 소녀들과 비교해보았어요. 거기에는 아주 큰 차이가 있었지만, 이 애들도 그 소녀들만큼이나 순수하다는 생각이 듭니다. 나는 그 애들과 말을 나누어보고 그들이 더 이상 바랄 게 없는, 세상에서 가장 행복한 아이들이란 걸 알게 됐어요. 자신들이 그렇다는 사실을 깨닫지 못하고 있다는 점만 빼고 말이죠. 우리가 이야기하는 동안 내내 주위를 살펴보던 한 아이가 자신의 암소가 밭에 들어가는 것을 보자 아이들 모두 발꿈치에 날개라도 달린 것처럼 달려갔어요. 나는 그렇게 빨리 달릴 수 없어서 그 자리에 남아 있었지요. 그 애들이 가축을 우리로 몰고 가는 것을 보자 나도 이만 들어가야겠다고 생각했어요. 나는 저녁을 먹고 정원으로 들어가 그 옆에 흐르는 조그만 개울로 갔지요. 거기 앉아 당신이 지금 옆에 있기를 바라며……"

이 정도면 그녀에게 작가가 될 소질이 있다고 맹세할 수 있을 것 같습니다. 그러나 "나라면 2주 동안 잠을 못 잔다 해도 그리 되진 않을 텐데"라니, 글쓰기에 뛰어난 재능이 있는 여성조차 책을 쓰는 것은 터무니없는 일이며 심지어 정신 나간 짓이라고 믿었다는 사실을 발견할 때, 그 당시 여성의 글쓰기에 대한 적대감이 세상에 얼마나 팽배했는지 알 수 있습니다. 도로시 오스번의 짧은 서한집을 책장에 다시 꽂으며 이제 벤 부인[43]을 살펴보아야겠다고 생각했습니다.

벤 부인과 함께 우리는 아주 중요한 모퉁이를 돌게 됩니다. 이제 그들이 살던 지역에 갇힌 채 자신들의 이절판 책에 파묻혀 그 어떤 독자나 비평가도 없이 오직 자신의 즐거움을 위해 글을 썼던 그 외로운 귀부인들은 뒤로합니다. 우리는 도시에 와서 거리의 평범한 사람들과 어깨를 스치게 됩니다. 벤 부인은 유머와 활력, 용기라는 서민의 미덕을 모두 갖춘 중산층 여성이었지요. 그녀는

43 17세기 활동한 영국 최초의 여성 소설가이자 극작가 애프라 벤.

남편의 죽음과 몇 가지 불행한 일들 때문에 어쩔 수 없이 재주껏 생계를 꾸려야 했습니다. 그녀는 남자들과 동등한 조건에서 일해야 했고, 열심히 일해서 먹고살 만큼 벌었습니다. 그 사실이 그녀가 실제로 쓴《내가 만든 수천의 순교자들》과《환상적인 승리에 깃든 사랑》같은 아주 인상적인 작품들보다 훨씬 중요합니다. 왜냐하면 여기에서 마음의 자유, 아니, 우리가 원하는 걸 마음대로 쓸 수 있는 가능성이 시간이 흐르면 시작되기 때문입니다. 이제 애프라 벤이 그 일을 해냈기 때문에 소녀들은 부모에게 가서 이렇게 말할 수 있습니다. 용돈 안 주셔도 돼요, 저도 글을 써서 돈을 벌 수 있어요. 물론 그 후로 여러 해 동안 딸들의 그 말에 대한 부모의 대답은 이러하겠지요. 그래, 애프라 벤같이 살겠다고? 차라리 죽는 게 낫겠다! 그리고 전보다 문이 더 빨리 더 크게 쾅 소리를 내며 닫히겠지요. 남성이 여성의 정조에 두는 가치와 그것이 여성의 교육에 미치는 영향이라는 지극히 흥미로운 주제가 여기서 토론의 대상으로 등장하는데, 만일 거턴이나 뉴넘에 다니는 학생 중 누구라도 그 문제를 깊이 파고들길 원한다면 제가 상당히 흥미로운 책을 알려줄 수 있습니다. 각다귀들이 득실거리는 스코틀랜드의 황무지에 온몸을 다이아몬드로 휘감고 앉아 있는 레이디 더들리가 그 책의 권두 삽화로 어울릴 것 같습니다. 일전에 레이디 더들리가 세상을 떠났을 때《타임스》는 더들리 경에 대해 이렇게 묘사했습니다. "세련된 취향과 여러 가지 소양을 갖춘 인물로 아낌없이 베풀며 살았지만 한편으로는 변덕스러운 독재자 같았다. 그는 스코틀랜드의 고지에서 가장 외딴 사냥 막사에 있을 때도 아내에게 정장 입기를 강요했다. 그는 그녀를 찬란한 보석들로 휘감았다." 그리고 이어서 이렇게 말하고 있습니다. "그는 그녀에게 모든 것을 주었다. 단 언제나 책임만 빼고." 그러다 더들리 경이 뇌졸중으로 쓰러지자 레이디 더들리는 남편을 간호하며 그 후로 탁월한 능력을 발휘해 재산을 관리했습니다. 그러한 변덕스러운 폭군들은 19세기에도 존재합니다.

그러나 다시 원래 주제로 돌아가겠습니다. 애프라 벤은 상냥한 여성적 자질들을 희생했을지 모르겠지만,

글을 써서 돈을 벌 수 있다는 사실을 증명했습니다. 그래서 글을 쓰는 것은 단순히 어리석거나 정신 나간 짓이 아니라 현실적으로 중요한 일로 서서히 여겨지게 됐습니다. 살다 보면 남편이 죽을지도 모르고, 재앙이 가족을 덮칠 수도 있습니다. 18세기에 이르자 수백 명의 여성들이 번역을 하거나 너절한 소설들을 무수히 써서 용돈을 보태거나 가족을 돕게 됐습니다. 그 소설들은 교과서에는 나오지 않았지만 채링크로스 가[44]의 4페니짜리 책 상자에서 쉽게 살 수 있었습니다. 18세기 후반 여성들 사이에서 드러난 지극히 활발한 정신적 행위—대화와 모임, 셰익스피어에 관한 에세이 쓰기, 고전 번역 등—는 여성이 글을 씀으로써 돈을 벌 수 있다는 확실한 사실에 토대를 두고 있습니다. 무보수일 때는 하찮았던 일도 돈이 들어오면 중요해지게 됩니다. "끼적거리려는 욕망을 가진 블루스타킹"을 비웃는 세태는 여전히 변함없지만, 그들이 지갑에 돈을 넣을 수 있다는 사실은 부정할

44 런던 중심부의 서점가.

수 없었습니다. 그래서 18세기 말 무렵 어떤 변화가 일어났는데, 내가 만일 역사를 다시 쓴다면 십자군이나 장미전쟁보다 그것을 더 충실하게 묘사하고 더 중요하게 다룰 겁니다.

즉 중산층 여성들이 글을 쓰기 시작했습니다. 만약 《오만과 편견》이 중요하다면, 그리고 《미들마치》와 《빌레트》, 《폭풍의 언덕》이 중요한 작품들이라면, 시골 저택에서 아첨꾼들과 이절판 책 속에 파묻혀 있던 외로운 귀족들만이 아니라 일반 여성들이 글을 쓰게 된 것은 내가 한 시간짜리 강연에서 입증할 수 있는 것보다 훨씬 더 중요한 사실일 것입니다. 이런 선구자들이 없었다면 제인 오스틴과 브론테 자매, 조지 엘리엇은 글을 쓸 수 없었을 것입니다. 셰익스피어에게 말로[45]가 없었고, 말로에게 초서가 없었고, 초서 이전에 길을 닦고 자연적 언어의 야만성을 길들이고 세상으로부터 잊힌 시인들이 없었다면 글을 쓸 수 없었던 것처럼 말입니다. 걸작이란

45 16세기 영국의 극작가이자 시인 크리스토퍼 말로.

고독 속에서 혼자 힘으로 나오는 게 아니니까요. 그것은 오랜 세월에 걸쳐 수많은 사람들이 한 공통된 생각에서 비롯된 결과입니다. 그래서 하나의 목소리 이면에 다수의 경험이 존재합니다. 제인 오스틴은 패니 버니의 무덤에 화환을 놓아야 하고, 조지 엘리엇은 엘리자 카터[46]—아침 일찍 그리스어를 공부하려고 침대에 종을 매달았던 단호한 의지를 지닌 노부인—의 강인한 그림자에 경의를 표해야 했을 겁니다. 지금 웨스트민스터 사원에, 상당히 논란이 되긴 했지만 마땅히 안치되어 있는 애프라 벤의 무덤에 모든 여성들은 꽃을 바쳐야 합니다. 왜냐하면 여성들에게 자신의 마음을 표현할 수 있는 권리를 쟁취한 사람이 그녀였으니까요. 내가 오늘 밤 여러분에게 "여러분의 재주를 이용해 연 500파운드를 버십시오"라고 말하는 것이 비현실적으로 들리지 않게 만든 것도, (비록 수상쩍은 구석이 있고 색정적이긴 하지만) 그녀 덕분입니다.

46 18세기의 고전 연구 작가이자 '블루스타킹 소사이어티'의 초대 멤버.

자, 이제 우리는 19세기 초에 도착했습니다. 여기서 처음으로, 책장의 몇 단이 여성들만의 작품으로 채워져 있는 것을 봅니다. 그러나 나는 그것들을 훑어보면서 왜 이 작품들이 몇 권을 제외하고 전부 소설인지 묻지 않을 수 없었지요. 원래는 시적인 충동에서 나온 의문이었습니다. "가인歌人의 최고 정상"은 여성 시인이었습니다. 프랑스와 영국에서 여성 시인들은 여성 소설가보다 먼저 나왔습니다. 게다가, 앞서 말한 네 명의 유명한 이름들을 보면서 생각해봤는데, 조지 엘리엇은 에밀리 브론테와 어떤 공통점이 있습니까? 샬럿 브론테는 제인 오스틴을 전혀 이해하지 못한 건 아닐까요? 이 중 누구도 자식이 없었다는 사실을 제외하면 그들보다 더 어울리지 않는 사람들이 한 방에 모이는 경우도 없을 겁니다. 모두 너무 달라서 그들이 만나 나누는 대화를 지어보고 싶을 정도입니다. 그러나 그들은 글을 쓸 때, 어떤 알 수 없는 이상한 힘에 이끌려 어쩔 수 없이 소설을 써야 했습니다. 그것이 중산층 출신이라는 점과 무슨 관계가 있었을까, 나는 자문했습니다. 후에 에밀리 데이비스 양[47]

의 경우에서 잘 볼 수 있는 것처럼 19세기 초 중산층 가족들은 거실 하나를 다 같이 써야 했던 사실과 관계가 있을까요? 만일 여성이 글을 썼다면 가족과 다 같이 있는 방에서 써야 했을 겁니다. 그리고 나이팅게일 양이 격렬하게 불만을 토로했듯이("여성에게는 자기만의 시간이라고 하는 게…… 채 30분도 되지 않는다") 여성은 항상 방해를 받았죠. 그런 곳에서는 시나 희곡보다는 산문과 픽션을 쓰는 것이 더 쉬웠을 겁니다. 집중력이 좀 떨어져도 쓸 수 있으니까요. 제인 오스틴은 생애 마지막 날까지 그런 환경에서 글을 썼습니다. 그녀의 조카는 이렇게 회고했습니다. "어떻게 숙모님이 이 모든 성취를 이뤄낼 수 있었는지 놀라울 따름이다. 숙모님에게는 따로 독립된 서재가 없어서 대부분의 작품을 공동 거실에서 온갖 종류의 일상적인 방해를 받으며 써야 했다. 숙모님은 하인들이나 방문객, 또는 가족이 아닌 사람들에게 글을

47 여성의 참정권과 고등교육을 주장한 19세기 여성운동가. 거턴 대학의 공동창립자.

쓰는 것을 들키지 않도록 조심했다."[48] 그래서 제인 오스틴은 원고를 숨기거나 압지로 가려놓았습니다. 다시 생각해보면, 19세기 초 여성이 받을 수 있는 문학적 훈련이라고는 인간의 다양한 성격 관찰과 감정 분석 훈련이 고작이었습니다. 그녀의 감수성은 몇 세기 동안 공동 거실의 영향을 받아 훈련된 것입니다. 사람들의 감정이 그녀의 마음속에 각인됐고, 개인들의 관계가 항상 눈앞에 있었습니다. 그러니까 중산층 여성이 글을 쓰게 됐을 때 소설을 택한 것은 당연한 일이었습니다. 비록 여기 언급된 네 명의 유명한 여성 작가들 가운데 두 명은 천성적으로는 소설가가 아니었지만 말입니다. 에밀리 브론테는 시극을 썼어야 했고, 조지 엘리엇의 흘러넘치는 그 창조적 충동은 역사나 전기에서 마음껏 펼칠 수 있었을 겁니다. 하지만 그들은 모두 소설을 썼지요. 거기서 한 걸음 더 나아가, 서가에서 《오만과 편견》을 꺼내며 생

48 [원주] 제임스 에드워드 오스틴리(제인 오스틴의 조카), 《제인 오스틴 회고록》.

각했는데, 그들은 훌륭한 소설을 썼다고 말할 수 있습니다. 남성들에게 과시하거나 마음을 상하게 하려는 것은 아니지만, 우리는《오만과 편견》이 훌륭한 책이라고 말할 수 있습니다. 어쨌거나《오만과 편견》을 쓰고 있는 것을 들켰더라도 그건 부끄러워할 만한 일이 아니었습니다. 그러나 제인 오스틴은 누군가 들어오기 전에 원고를 숨길 수 있게끔 문의 경첩이 삐걱거리는 것을 다행으로 생각했습니다.《오만과 편견》을 쓰는 것을 들키면 수치스러워질 거라고 생각했습니다. 만일 제인 오스틴이 방문객들로부터 원고를 숨길 필요가 없다고 생각했다면,《오만과 편견》은 더 좋은 소설이 되었을까요? 나는 답을 찾기 위해 한두 쪽을 읽었지요. 그러나 그런 환경이 그녀의 작품에 조금이라도 해가 됐다는 흔적은 전혀 찾을 수 없었습니다. 아마도 이것이 가장 놀라운 기적일 겁니다. 여기 1800년 무렵에, 어떤 증오도 비통함도 두려움도 없이, 항의하거나 가르치려 들지 않으면서 글을 쓴 한 여성이 있었지요. 나는《안토니와 클레오파트라》를 보면서 셰익스피어가 글을 쓴 방식이 바로 그러했다고 생각했습니다. 사람들이 셰익스피어와 제인 오스틴을 비교하는 이유는 두 작가의 마음이 모든 장애물을 하나도 남김없이 활활 태워버렸다는 점을 알고 있었기 때문입니다. 바로 그런 이유 때문에, 우리는 제인 오스틴을 모르고, 셰익스피어도 모릅니다. 그리고 그런 이유 때문에, 제인 오스틴은 그녀가 쓴 모든 단어에 스며들어 있고 셰익스피어도 마찬가지입니다. 만일 제인 오스틴이 그런 환경에서 어떤 식으로든 고통을 받았다면 그녀가 살아야 했던 세계가 좁다는 점이었습니다. 그때는 여자 혼자서는 돌아다닐 수 없었습니다. 그녀는 평생 여행을 한 번도 가본 적이 없었어요. 버스를 타고 시내를 다닌 적도 없고 식당에서 혼자 점심을 사 먹은 적도 없습니다. 하지만 어쩌면 자신에게 없는 것은 바라지 않는 성격이었는지도 모르지요. 그녀의 재능과 그녀의 상황은 완벽하게 조화를 이뤘습니다. 그러나 《제인 에어》를 펼쳐서 《오만과 편견》 옆에 놓으며 과연 샬럿 브론테도 그랬을까 의심스러웠습니다.

나는 그 책의 12장을 펼쳤다가 "누구든 마음대로

나를 비난해도 좋다"라는 구절에 눈길이 머물렀습니다. 무엇 때문에 사람들이 샬럿 브론테를 비난한다는 것일까? 의아했습니다. 그리고 페어팩스 부인이 젤리를 만드는 동안 제인 에어가 종종 지붕으로 올라가 들판 너머 먼 풍경을 바라보았다는 내용을 읽었습니다. 그리고 그녀는 갈망했지요. 사람들이 그녀를 비난한 것은 바로 이 지점이었습니다. "그 순간 나는 저 경계를 넘어서, 들어는 봤지만 한 번도 본 적 없는 그 번화한 세계, 도시들, 활기 넘치는 지역에 이를 수 있는 투시력을 열망했다. 그 순간 나는 내가 가진 것보다 더욱 풍부한 현실적 경험을 쌓을 수 있기를 바랐다. 여기서 접할 수 있는 것보다 더욱 다양한 인물들과 교유하고 나와 같은 부류의 사람들과 친분을 쌓고 싶었다. 나는 페어팩스 부인의 장점과 아델라의 장점을 소중하게 생각했지만, 그것과는 다르면서 좀 더 생생한 미덕이 존재한다고 믿었고, 내가 믿는 바를 이 두 눈으로 직접 보고 싶었다.

누가 나를 비난할까? 분명 많은 사람들이 내가 불만스러워한다고 말할 것이다. 나도 어쩔 수 없다. 나는 마음속에 끓어오르는 갈망을 타고났고, 그래서 가끔은 고통스러울 정도로 일렁이는 마음을 가라앉힐 수 없다……

인간이 평온한 일상에 만족하고 살아야 한다는 말은 공허하다. 인간이라면 행동해야 한다. 해야 할 일을 발견할 수 없다면 만들어낼 것이다. 수백만의 사람들이 나보다 더 변화 없는 삶을 살아가라는 저주를 받았지만, 수백만의 사람들이 그런 운명에 말없이 저항하고 있다. 지상에 있는 숱한 생명들의 가슴속에서 얼마나 많은 격랑이 일고 있는지 아무도 모를 것이다. 여성은 차분해야 한다고 흔히 말한다. 그러나 여성도 남성들이 느끼는 것을 똑같이 느끼며, 남자 형제들처럼 자신의 능력을 키우기 위해 훈련하고, 자신의 노력을 기울일 활동 영역이 필요하다. 남성들과 마찬가지로 그들도 지나치게 엄격한 통제와 절대적인 정체 상태에서 고통 받는다. 여성은 푸딩을 만들고 양말을 짜며 피아노를 치거나 가방에 수를 놓는 일에 전념해야 한다고, 더 많은 특권을 누리는 동료 남성들이 말한다면 아주 속이 좁은 인물인 셈이다.

만약 여성이 전통적인 한계를 넘어 그 이상 배우려고 하거나 더 많은 일을 하려 할 때 그들을 나무라거나 비웃는 것은 무심한 짓이다.

이렇게 혼자 있을 때 가끔 그레이스 풀의 웃음소리가 들렸다……"

느닷없이 이 부분이 나와서 나는 글이 어색하게 끊겼다고 생각했습니다. 어색한 단절이라고 생각했지요. 갑자기 그레이스 풀과 맞닥뜨리게 되니 이야기가 혼란스러워집니다. 이야기의 연속성이 깨진 겁니다. 나는《오만과 편견》옆에 이 책을 내려놓으며 이런 내용을 쓴 여성은 제인 오스틴보다 재능이 훨씬 더 뛰어나다고 말할 수도 있다고 생각했습니다. 그러나 이 책을 반복해서 읽고 그 안에 서린 경련과 분노에 주목해보면 그녀가 결코 자신의 재능을 흠 없이 완벽하게 표현하지 못할 거라는 사실을 알게 됩니다. 그녀의 책들은 형태가 일그러지고 비틀릴 것입니다. 그녀는 침착하게 써야 할 곳에서 분노에 사로잡혀 쓸 것이고, 현명하게 써야 할 곳에서 어리석게 쓸 것입니다. 또한 등장인물들에 대해 써야 할 곳에서 자신에 대해 쓸 것입니다. 그녀는 자신의 운명과 전쟁을 벌이고 있는 것입니다. 자신의 그런 상황에 좌절하고 답답해하던 그녀가 어떻게 요절하지 않을 수 있었겠습니까?

만일 샬럿 브론테에게 연 300파운드가 있었다면 어떤 일이 일어났을지 생각해보지 않을 수 없습니다. 그러나 그 어리석은 여자는 자신의 소설에 대한 저작권을 그 자리에서 1500파운드에 팔아넘겼지요. 만약 그녀가 번화한 세계와 도시들, 활기 넘치는 지역에 대해 더 많이 알고 현실적인 경험이 더 풍부했더라면, 그녀와 같은 부류의 사람들과 교유하고 다양한 인간들과 친분을 쌓았더라면, 어떤 일이 벌어졌을까요? 앞에 인용한 글에서 그녀는 소설가로서 자신의 결함뿐 아니라 당시 여성들의 약점을 정확히 지적하고 있습니다. 만약 자신의 재능이 멀리 떨어진 들판을 홀로 바라보는 데 허비되지 않았더라면, 자신에게 세상 경험과 사람들과의 교제와 여행이 허용되었더라면, 자신의 재능에 얼마나 이로웠을지 그녀는 누구보다도 잘 알고 있었습니다. 그러나 그런 것들은 허용되지 않았을뿐더러 오히려 박탈당했습니다. 그래서 우리는 이런 훌륭한 소설들,《빌레트》,《에마》,《폭풍의 언덕》,《미들마치》가 점잖은 목사 집안에서 허용되는 정도의 경험을 가진 여성들에 의해 쓰였으며, 그 점잖은 집의 공동 거실에서 쓰였고, 또 너무 가난해서《폭풍의 언덕》이나《제인 에어》를 쓸 종이를 한 번에 몇 묶음밖에 살 수 없었던 여성들에 의해 쓰였다는 사실을 받아들여야 합니다. 사실 그들 중 한 명인 조지 엘리엇은 많은 시련을 겪은 후에 결국 탈출했지만, 세인트존스우드에 있는 외딴 시골 저택에 고립됐습니다. 거기서 그녀는 그녀를 못마땅해하는 세상의 그늘에 정착했지요. "초대해달라고 요구하지 않은 분들께는 제가 방문해달라고 청하지 않는다는 점을 이해해주시기 바랍니다"라고 그녀는 썼습니다. 유부남과 동거하는 죄인이니, 그녀를 만남으로써 스미스 부인이든 누구든 우연히 찾아오는 정숙한 여자 손님들에게 폐를 끼칠 수는 없잖습니까? 사람은 사회적 관습에 따라야 하기 때문에 그녀는 "소위 세상으로부터 단절되어"야 했습니다.[49] 동시대

유럽의 다른 한쪽에서는 한 청년이 집시와 살다가 때로는 귀부인과 자유분방하게 살았습니다. 전쟁에 나가기도 했는데 이처럼 어디에도 얽매이지 않고 비난받지도 않으면서 쌓아온 다양한 경험들이 후에 책을 쓰게 되었을 때 아주 큰 도움이 됐습니다. 톨스토이가 기혼녀와 "소위 세상으로부터 단절되어" 프라이어리에 살았더라면, 그 윤리적 교훈이 그에게 아무리 유익했다 하더라도 《전쟁과 평화》를 쓸 수는 없었을 겁니다.

그러나 소설을 쓰는 문제와 성이 소설가에게 미치는 영향에 대해서 좀 더 깊이 파고 볼 수도 있을 것입니다. 눈을 감고 소설 전반에 대해 생각해보면, 소설이란 삶을 비추는 거울 같은 속성이 있는 창작품이라고 여겨질 것입니다. 다만 소설이 삶을 단순화하고 왜곡하는 측면은 셀 수 없이 많습니다. 어쨌든 그것은 마음의 눈에

49 조지 엘리엇(메리 앤 에번스)은 당시 유부남이던 작가이자 사상가 조지 헨리 루이스와 동거를 했고, 이는 당시 런던 사회에서 큰 논란이 되었다. 그럼에도 루이스는 공적인 처신이 자유로웠던 반면 엘리엇은 어쩔 수 없이 프라이어리에 있는 자택에서 사회적으로 칩거해야 했다.

어떤 형태를 남기는 구조물인데, 때로는 사각형이거나 탑의 형태로 구성되며, 양옆으로 뻗어나가 부속 건물들과 회랑이 생기고 콘스탄티노플의 성 소피아 성당처럼 작고 단단한 구조에 둥근 지붕이 생깁니다. 유명한 소설들을 몇 권 떠올려보면, 이러한 형태는 그에 어울리는 감정을 일으킵니다. 그러나 그 감정은 곧바로 다른 감정들과 섞이죠. 그 '형태'는 돌과 돌의 관계에 의해서가 아니라 인간과 인간의 관계에 의해 만들어지기 때문입니다. 그래서 소설은 우리 내면에 서로 적대적이고 상반된 온갖 감정들을 불러일으킵니다. 삶은 삶이 아닌 어떤 것과 충돌하죠. 그래서 소설에 대한 어떤 합의에 이르기 어렵고, 우리의 개인적인 편견이 우리에게 막대한 영향력을 휘두릅니다. 우리는 한편으로 당신, 주인공 존이 살아야 한다고 느낍니다. 안 그러면 나는 깊은 절망에 빠지게 되니까요. 그러나 다른 한편으로 유감스럽게도 존, 당신이 죽어야 한다고 느낍니다. 그 책의 형태상 그래야 하기 때문이죠. 삶은 삶이 아닌 어떤 것과 충돌합니다. 그러나 삶의 속성이 그렇기 때문에, 우리는 그것을 삶이라고 판단합니다. "제임스는 내가 제일 싫어하는 부류의 사람이야"라고 말하는 사람이 있습니다. 아니면 "이건 정말 어이가 없군. 나는 그런 감정을 전혀 느낄 수 없었어"라고 말이지요. 어떤 유명한 소설이라도 다시 생각해보면 명백하게 드러나듯이 소설은 지극히 다양한 판단과 지극히 다양한 감정으로 구성되어 있기 때문에 끝없이 복잡합니다. 놀라운 사실은, 그렇게 구성된 책의 생명력이 한두 해 넘게 지속된다거나 혹은 그 책이 영국 독자에게 의미하는 바와 러시아나 중국 독자에게 주는 의미가 거의 유사하다는 것입니다. 가끔은 그런 책들의 생명력이 아주 놀랄 정도로 긴 경우도 있습니다. 이와 같이 희귀하게 생존하는 경우(나는 그 예로《전쟁과 평화》를 생각하고 있습니다), 그것들을 지탱하는 것은 소위 진실성이라는 것입니다. 이때의 진실성은 빚을 갚는다거나 비상사태에 처해 명예롭게 행동하는 것과는 아무 상관이 없습니다. 소설가에게 있어서 진실성이라는 말로 표현되는 것은 작가가 독자에게 전달하는 것이 진실이라는 확신입니다. 독자는 느낍니다. 그래, 나는 이 일이 이럴 수 있으리라고는 생각도 못 했어. 그렇게 행동하는 사람을 본 적이 없으니까. 하지만 이런 식으로 일어난다고 당신이 나를 설득했지. 우리는 책을 읽으면서 모든 구절, 모든 장면을 빛에 비춰 봅니다. 자연은 아주 기이하게도 소설가의 진실성이나 거짓을 판단할 수 있는 내면의 빛을 우리에게 준 것 같거든요. 어쩌면 더없이 변덕스러운 충동에 사로잡힌 자연이 인간 마음의 벽에 투명 잉크로 위대한 예술가들만이 사실이라고 확인해줄 수 있는 어떤 예감을 그려놨을지도 모릅니다. 그것은 오직 천재의 불길이 닿아야만 보이는 스케치일 것입니다. 그것이 빛에 노출되어 살아나는 것을 볼 때 우리는 황홀해서 소리치지요. "이것이야말로 내가 항상 느껴왔고 알아왔고 바라던 것이다!"라고 말입니다. 그래서 흥분한 마음을 끌어안고, 보물을 다루듯 경외하는 마음으로 살아 있는 동안 언제라도 다시 찾아볼 것처럼 조심스럽게 그 책을 덮어 책장에 올려놓습니다. 나는《전쟁과 평화》를 다시 제자리에 꽂으며 생각했습니다. 다른 한편 우리가 집어 들고 살펴보는 소설 속 시시한 문장들은 처음에는 빛나는 색

채와 과감한 몸짓으로 재빨리 열정적인 반응을 불러일으키지만 거기서 멈춰버리고 맙니다. 뭔가가 그 이야기의 발전을 억누르는 것 같습니다. 또는 그 문장들이 한 구석의 희미한 낙서나 다른 쪽의 얼룩으로 드러나면서, 어떤 것도 흠이 없는 온전한 모습으로 나타나지 않는다면, 독자는 실망의 한숨을 쉬며 말할 겁니다. 또 다른 실패작을 만났다고. 이 소설은 어디에선가 실패한 겁니다.

물론 대부분의 경우 소설은 어느 지점에서는 실패하기 마련입니다. 작가가 지나치게 긴장해서 상상력이 흔들리고, 통찰력이 흐려지면서 더 이상 진실과 거짓을 구별할 수 없습니다. 매 순간 아주 다양한 기능들을 사용해야 하는 독서라는 어마어마한 노동을 지속시킬 만한 힘을 더 이상 끌어낼 수 없게 됩니다. 그러나 나는 《제인 에어》와 그 밖의 다른 책들을 보며 어떻게 소설가의 성이 이 모든 요인들에 영향을 미치는지 생각했습니다. 그녀의 성이 어떤 식으로든 여성 소설가의 진실성—작가의 근본이라 간주되는 진실성—에 방해가 될까요? 자, 제가 《제인 에어》에서 인용한 부분에서, 분노가 샬럿 브론테의 진실성에 장애물로 작용한다는 점은 분명합니다. 그녀는 개인적인 불만을 토로하느라 전적으로 집중했어야 할 이야기를 내팽개쳤습니다. 그녀는 자신이 마땅히 해야 할 제대로 된 사회적 경험을 박탈당했다는 사실을 떠올렸습니다. 자유롭게 세상을 떠돌고 싶었을 때 목사관에서 양말을 기우며 일상에 고여 있어야 했습니다. 분노 때문에 상상력은 궤도를 벗어났고, 그때의 흔들림을 우리 또한 느낄 수 있습니다. 분노만이 아니라 다른 많은 감정들이 영향력을 발휘해 그녀의 상상력을 휘어잡아 원래 가던 길에서 벗어나게 만들었습니다. 예를 들어 무지가 그렇습니다. 로체스터[50]는 굉장히 어둡고 모호하게 묘사되었습니다. 로체스터의 묘사에서 샬럿이 느낀 세상에 대한 두려움의 영향이 느껴집니다. 마찬가지로 억압의 결과인 신랄함, 열정 밑에서 서서히 타오르고 있는 묻어버린 고통, 이 훌륭한 책들을 고통으로 경련하고 오그라들게 만드는 원한이 끊임없이 느껴집니다.

50 《제인 에어》의 남자 주인공.

소설이 실제 생활과 다소 유사하기 때문에, 소설의 가치 역시 실제 생활의 가치와 어느 정도 동일합니다. 그러나 여성의 가치는 남성이 정한 가치와 다른 경우가 많습니다. 당연히 그럴 수밖에 없습니다. 하지만 사회 전반을 지배하는 것은 남성의 가치입니다. 단순하게 표현해보면, 축구와 스포츠는 '중요한' 반면 유행을 숭배하고 옷을 사는 일은 '하찮은' 일입니다. 이러한 가치들이 어쩔 수 없이 삶에서 픽션으로 넘어옵니다. 이 책은 전쟁을 다루기 때문에 중요하다고 비평가들은 평가합니다. 이 책은 응접실에 앉은 여성의 감정을 다루고 있으므로 하찮습니다. 전쟁터에서의 한 장면은 상점에서의 한 장면보다 더 중요하지요. 사방에서 더욱더 섬세하고 미묘하게 가치의 차별이 끈질기게 지속됩니다. 그래서 19세기 초 여성 작가가 쓴 소설의 전체 구조는 외적 권위에 따라 조금씩 휘어지면서 자신의 명확한 비전을 어쩔 수 없이 바꿔야 했던 정신에 의해 구축됐습니다. 오래되고 잊힌 소설들을 대충 훑어보고 그 작품들의 어조를 한 번 들어보기만 해도 그 작가가 세상의 비판에 대처하고 있다는 사실을 직감적으로 알게 됩니다. 그녀는 비판에 맞서기 위해 이런 말을 하거나, 달래기 위해 저런 말을 합니다. 그녀는 자신이 '그저 여자일' 뿐이라고 인정하거나, '남자만큼 실력이 좋다고' 항의하기도 합니다. 그녀는 자신의 기질에 따라 때로는 온순하고 조심스럽게, 때로는 분노해서 강한 어조로 그 비판에 대처했습니다. 어느 쪽을 택했는가는 중요하지 않습니다. 문제는 그녀가 핵심 주제가 아닌 다른 것을 생각하고 있었다는 사실입니다. 우리의 머리 위로 그녀의 책이 떨어집니다. 그 책의 핵심에 결함이 있습니다. 나는 과수원 곳곳에 굴러다니는 얽은 자국이 있는 작은 사과들처럼 런던의 중고서점에 산재한 여성들의 소설을 생각했습니다. 그것들을 썩게 한 것은 그 핵심에 있는 흠집입니다. 그녀는 다른 사람들의 의견을 존중하느라 자신의 가치를 바꿔버렸던 겁니다.

그러나 그녀들은 오른쪽이든 왼쪽이든 조금이라도 움직이지 않고는 견딜 수 없었을 겁니다. 전적으로 가부장제가 위세를 발휘하는 사회에서 그런 비판을 받고도

움츠러들지 않고 자신이 본 그대로의 가치를 고수하려면 대단한 재능과 진실성이 필요했을 겁니다. 그 위업을 이뤄낸 사람은 제인 오스틴과 에밀리 브론테뿐이었습니다. 이것은 그들의 또 다른, 어쩌면 가장 뛰어난 장점입니다. 그들은 남성처럼 쓰지 않고 여성이 쓰듯 썼습니다. 당시 소설을 썼던 수천 명의 여성들 가운데 그들만이 '이런 식으로 쓰고, 저런 식으로 생각하라'는 영원한 현학자들의 끊임없는 조언을 전적으로 무시했습니다. 그들만이 그 끈질기게 투덜거리고, 생색내며 가르치려 들고, 지배하려 들고, 상심했다가 화를 내고, 때로는 속상해하고, 때로는 자애로운 척하는 그 목소리에 귀를 기울이지 않았습니다. 그 목소리는 여성을 결코 혼자 놔두지 않는 지나치게 성실한 가정교사처럼 항상 따라다니거나, 에저턴 브리지스 경처럼 세련된 여성이 되라고 명령하거나 시 비평에서 오로지 여성이란 점만으로 비판하기도 합니다.[51] 또한 여성들을 책망하기도 하고, 그들이 착해지고 싶고 반짝반짝 빛나는 상을 받고 싶다면 문제의 그 신사가 적절하다고 생각하는 어떤 선을 넘어서는 안 된다고 조언합니다. "……여성 소설가들은 자신의 성이 지닌 한계를 용감하게 인정해야 탁월한 경지에 이르는 걸 바랄 수 있다."[52] 이 말이 문제의 핵심을 간결하게 표현하고 있습니다. 놀랍게도 이 문장은 1828년 8월이 아니라 1928년 8월에 쓰였습니다. 지금 우리는 이 말을 재미있게 생각할지 몰라도 100년 전에는 훨씬 강력하고 요란하게 위세를 발휘했던 일단의 의견들—나는 그 오래된 웅덩이를 휘저을 생각은 없고 그저 우연히 내 발치로 흘러 들어온 것만을 붙잡을 뿐입니다—을 대변한다는 점에 여러분도 동의할 것입니다. 1828년에 이 모든 모욕

51 [원주] "(그녀는) 형이상학적인 의도를 품고 있고, 그것은 위험한 집착이다. 특히 작가가 여성이라는 점에서 그러한데, 여성들은 남성들처럼 수사학에 대한 건전한 애정을 지닌 경우가 극히 드물기 때문이다. 대개 다른 면에선 좀 더 원초적이면서 물질적인 여성들이 수사학에선 부족한 면을 보이는 점은 기이하기도 하다." _《뉴 크라이티어리언》, 1928년 6월 호.

52 [원주] "만약, 그 기자가 말한 것처럼, 여성 소설가들이 자신들의 성의 한계를 용감하게 인정하는 방식으로만 탁월한 경지에 이르길 열망해야 한다고 믿는다면(제인 오스틴은 얼마나 우아하게 그걸 이뤄낼 수 있는지 잘 보여주었다……)." _《라이프 앤드 레터스》, 1928년 8월 호.

과 책망과 상을 하사하겠다는 약속을 무시하려면 무척 심지가 깊은 젊은 여성이어야 했을 겁니다. 그리고 스스로에게 다음과 같이 말하려면 대단히 정열적인 선동가여야 했을 겁니다. "아, 하지만 남자들도 문학을 매수할 수는 없어. 문학은 모든 이들에게 열려 있단 말이야. 당신이 교구 직원이라고 해도 날 잔디밭에서 쫓아내는 건 용납할 수 없어. 그러고 싶다면 당신의 도서관을 잠그라고. 그러나 당신은 내 자유로운 마음에 문이나 자물쇠, 빗장 따위를 달 수는 없어."

그러나 그들을 좌절시키는 방해와 비판이 여성의 글에 어떤 영향을 미쳤든 간에(물론 어마어마한 영향을 미쳤으리라고 생각합니다만), 여성이 종이 위에 자신의 생각을 옮겨놓으려고 할 때 그들(나는 아직 19세기 초의 소설가들을 생각하고 있습니다)이 직면했던 다른 어려움과 비교하면 사소한 것이었습니다. 그것은 여성들의 배후에 전통이 전혀 없거나, 있더라도 너무 짧고 편파적이어서 거의 도움이 되지 않았다는 겁니다. 우리가 여성이라면 우리는 어머니를 통해 과거를 생각하기 때문입니다. 재미를 위해서라면 얼마든지 위대한 남성 작가들을 찾아볼 수 있겠지만, 그들에게 도움을 청하러 가는 것은 아무 소용이 없습니다. 램, 브라운, 새커리, 뉴먼, 스턴, 디킨스, 드 퀸시, 누구든 간에 이들은 여성을 도와준 적이 단 한 번도 없습니다. 여성이 그들의 몇 가지 비결을 배워서 자신의 글에 맞춰 이용했을 수는 있었겠지요. 하지만 남성 마음의 무게와 속도, 보폭은 여성과 너무 다르기 때문에 여성이 그들에게서 실질적으로 도움을 받을 수 있는 건 없습니다. 닮으려고 하기엔 너무 먼 존재인 거죠. 아마 그녀가 펜을 종이에 대자마자 깨닫게 될 첫 번째 사실은 그녀가 쓸 수 있도록 준비된 공통의 문장이 없다는 것입니다. 새커리와 디킨스, 발자크 같은 위대한 예술가들은 모두 자연스러운 산문을 썼는데, 거기에는 민첩하면서도 너저분하지 않고 표현이 풍부하면서도 너무 앞서가지 않았으며 공통적인 속성을 유지하면서도 자신만의 색조가 있었습니다. 그들은 당시 통용되던 문장들을 작품의 토대로 삼았습니다. 19세기 초에 쓰던 문장은 대체로 이랬을 겁니다. "그들 작품의 위엄은 그들에게 중단하지 말고 계속 전진해 나가라는 주장을 바탕으로 했다. 그들은 기교를 발휘하고 진실과 아름다움을 무한히 창조하면서 가장 큰 흥분과 만족을 느낄 수 있었다. 성공할수록 노력하게 되고, 습관이 성공의 비결이 된다." 이것은 남성의 문장입니다. 그 배후에 존슨 박사와 에드워드 기번, 다른 사람들을 볼 수 있습니다. 여성이 쓰기에는 어울리지 않는 문장이었지요. 산문에 탁월한 재능이 있으면서도 샬럿 브론테는 그 쓰기 불편한 무기를 쥐고 비틀거리다 쓰러졌습니다. 조지 엘리엇은 말도 안 되는 실수를 저질렀습니다. 제인 오스틴은 그걸 보자 비웃어버리고 자신이 사용하기에 딱 맞는, 더할 나위 없이 자연스럽고 맵시 있는 문장을 고안해냈으며 평생 그 스타일을 고수했습니다. 그래서 샬럿 브론테보다 글 쓰는 재능은 부족하지만 무한히 더 많은 것을 말했던 겁니다. 표현의 자유와 풍부함이 예술의 정수이니, 그러한 전통의 결핍과 도구의 결핍 및 부적당함은 여성의 글쓰기에 막대한 영향을 미쳤을 것입니다. 게다가 책이란 문장들을 이어 붙여서 만드는 것이 아니라, 이

미지로 표현하자면, 문장을 사용해 아치나 둥근 지붕으로 지은 결과물입니다. 이런 형태 역시 남성들 자신이 쓰려고 필요해서 만들어온 이미지입니다. 문장이 여성에게 맞지 않은 것과 마찬가지로, 서사시나 시극 형식 또한 여성에게 어울릴 거라고 생각할 이유는 없습니다. 그러나 여성이 작가가 될 무렵 옛 문학 형식들은 이미 다 굳어 고정돼버렸습니다. 소설만이 그녀가 다룰 수 있을 정도로 유연하고 상대적으로 젊은 형식이었습니다. 이것이 아마 여성이 소설을 쓰게 된 또 다른 이유일 것입니다. 그러나 심지어 '소설'(이 단어가 부적절하다는 나의 느낌을 표현하기 위해서 인용 부호를 썼습니다), 이 모든 형식들 가운데 가장 유연한 이 형식이 여성에게 가장 잘 맞다고 누가 감히 말할 수 있을까요? 여성이 사지를 자유롭게 쓸 수 있게 되면 분명 그녀는 그것을 부수고 자신을 위한 새로운 형태를 만들 것이며, 그게 꼭 운문은 아니더라도 내면에 있는 시를 전달할 수 있는 새로운 수단을 제공할 것입니다. 아직도 시는 자신만의 표현 수단을 갖고 있지 못하니까요. 나는 더 나아가 오늘날의 여성이 어떻게 5막으로 시 비극을 쓸지 곰곰이 생각해보았습니다. 운문을 사용할까요? 차라리 산문으로 쓰지 않을까요?

그러나 이런 것들은 미래라는 불가사의 속에 있는 어려운 문제들입니다. 지금은 이 문제들을 그냥 놔둘 겁니다. 이러한 문제들에 흥분하다 보면 주제에서 벗어나 길이 없는 숲속을 떠돌다가 야수에게 잡아먹힐지도 모르니까요. 나는 픽션의 미래라는 우울한 주제를 꺼내고 싶지 않고 여러분도 그걸 원하진 않을 겁니다. 그래서 여기서 잠시 멈춰 미래에 해결되어야 할 여성들의 신체적 조건과 관련된 부분에 여러분의 관심을 환기시키고자 합니다. 책은 어떻게든 육체에 맞춰 변화해야 합니다. 따라서 여성의 책은 남성의 책보다 더 짧고 밀도는 높아져야 하며, 누구의 방해도 받지 않고 장시간 독서하지 않아도 괜찮게 구성돼야 한다는 대담한 말을 한번 해보겠습니다. 여성은 언제나 방해를 받을 테니까요. 또한 두뇌가 작동되는 시스템은 여성과 남성이 각각 다른 것처럼 보이는데, 여성이 가장 효과적으로 일할 수 있게 하려면, 어떤 식으로 여성의 뇌를 관리해야 할지도 알아내야 합니다. 예를 들어 수도승들이 아마 수백 년 전에 고안해냈을 이런 강연 시간이 그들에게 적합한지, 말하자면 그들이 일과 휴식을 어떻게 교대하기를 요구하는지, 휴식이 아무것도 하지 않는 것이 아니라 무언가를 하는 것이며 그 무엇이 기존에 하던 것과 다른 것이라면 그 다른 점이 어떤 것인지 알아내야 합니다. 이 모든 것들을 토론해서 알아내야 합니다. 이 모두가 '여성과 픽션'이라는 문제의 일부분입니다. 그런데, 나는 다시 책장으로 가면서 생각했습니다. 여성이 쓴 여성 심리에 대한 정교한 연구를 어디서 찾을 수 있을까? 여성들이 축구를 못한다고 해서 의사가 되는 것이 허용되지 않는다면……

다행히 이제 내 생각은 다른 곳으로 넘어갔습니다.

5

이렇게 장황한 이야기를 하다가 마침내 현존 작가들의 책이 꽂혀 있는 책장에 이르렀습니다. 이제는 남성만큼이나 여성의 책도 많이 있으니 현존 작가들의 책이라 해야겠지요. 아직은 그것이 정확한 사실은 아니라 하더라도, 여전히 남성이 수다스러운 성이라 해도, 여성이 이제 소설만 쓰지 않는 것은 사실입니다. 여기에는 그리스 고고학에 관한 제인 해리슨의 책이 있고 미학에 대한 버넌 리의 책도 있습니다. 또 페르시아를 주제로 한 거트루드 벨의 책도 있지요. 100년 전에는 어떤 여성도 건드리지 못했을 온갖 주제의 책들이 있습니다. 시와 희곡과 비평서도 있습니다. 거기다 역사와 전기, 여행기, 학문 연구서 등이 있으며 몇몇 철학서와 과학과 경제학에 관한 책까지 있습니다. 소설이 두드러지게 보이긴 하지만 소설 자체도 다른 종류의 책들과 관계를 맺으면서 훨씬 많이 달라졌을 것입니다. 여성의 글쓰기에 있어 서사시의 시대, 즉 자연스러운 소박함은 사라졌을지도 모릅니다. 독서와 비평 덕분에 그녀의 세계는 더 확장되면서 동시에 더욱 섬세해졌을 겁니다. 자서전을 쓰려는 충동도 없어졌을 겁니다. 여성은 자신을 표현하려는 수단이 아니라 예술로 글을 쓰기 시작할 겁니다. 이 새로운 소설들 가운데서 그런 몇 가지 의문에 대한 답이 나올지도 모르겠습니다.

나는 손에 잡히는 대로 한 권을 꺼냈습니다. 그것은 책장 맨 끝에 있었는데《생의 모험》인가 하는 소설로 메리 카마이클[53]이 쓴 것이며 바로 이번 달인 10월에 출판되었습니다. 그녀의 첫 책인 모양이라고, 나는 중얼거

53 울프가 만들어낸 가상의 작가.

렸습니다. 하지만 우리는 이 책을 상당히 긴 시리즈의 마지막 작품인 양, 지금까지 살펴본 다른 책들—레이디 윈칠시의 시들과 애프라 벤의 희곡들과 네 명의 위대한 소설가들의 소설들—에 이어진 것으로 읽어야 합니다. 우리는 책들을 따로 분리해서 판단하는 습관이 있지만, 사실 그것들은 계속 이어지고 있으니까요. 나는 또한 그녀, 이 무명의 여성을 앞서 살펴보았던 여성들의 후손으로 생각하면서 그녀가 그들의 특징과 한계에서 무엇을 물려받았는지 봐야 합니다. 그래서 한숨을 쉬며(소설은 보통 해독제보다는 진통제를 주는 법이고, 타오르는 횃불로 사람을 각성시키기보다는 무기력한 잠에 빠져들게 하니까요), 나는 메리 카마이클의 첫 소설《생의 모험》에서 무엇을 얻어낼 수 있는지 보려고 공책과 연필을 들었습니다.

우선 한 페이지를 전체적으로 훑어봤습니다. 먼저 문체를 파악한 후에 푸른 눈이나 갈색 눈, 그리고 클로이와 로저 사이에 있을지도 모르는 관계를 기억해야겠다고 생각했습니다. 그녀가 손에 든 게 펜인지 아니면 곡괭

이인지 판단한 후에 그런 것을 살펴볼 시간이 있을 겁니다. 곧 나는 한두 문장을 소리 내어 읽어봤습니다. 이내 뭔가 어긋나 있다는 점이 확연히 드러났습니다. 문장과 문장이 매끄럽게 연결되지 않고 끊겨 있었습니다. 뭔가 찢기고, 긁힌 것도 있었습니다. 여기저기 단어들이 눈앞에서 불을 켜듯 번쩍였습니다. 옛 희곡에 나온 표현처럼 그녀는 "손을 놓아버리고" 있었습니다. 그녀가 불이 붙지 않을 성냥을 그어대는 사람 같다는 생각이 들었습니다. 나는 마치 그녀가 내 앞에 있기라도 한 것처럼 물었습니다. 왜 제인 오스틴의 문장은 당신에게 어울리지 않나요? 에마와 우드하우스 씨가 죽었기 때문에 제인 오스틴의 문장도 모두 폐기돼야 합니까? 이런, 그래야 한다면 슬픈 일이군요. 나는 한숨을 쉬었습니다. 왜냐하면, 모차르트의 음악이 한 노래에서 다른 노래로, 제인 오스틴의 글이 한 멜로디에서 다른 멜로디로 자연스럽게 이어지는 반면, 이 글을 읽는 것은 작은 보트 하나 타고 바다로 나간 것 같았기 때문입니다. 그녀의 글은 사정없이 위로 솟구쳐 올라갔다가 순식간에 바닥으로 침

몰했습니다. 이렇게 간결하고 숨 가쁘게 진행되는 전개 방식은 그녀가 무엇인가 두려워했다는 뜻일지도 모릅니다. 어쩌면 '지나치게 감상적'이라는 평을 들을까 봐 두려워했을지도 모르지요. 혹은 여성의 글은 꽃처럼 화려하다는 말을 기억하고 가시를 지나치게 많이 박아놓았는지도 모릅니다. 하지만 한 장면을 주의 깊게 읽어보기 전까지는, 그녀가 자신의 스타일대로 쓰고 있는지 아니면 다른 사람의 스타일을 좇고 있는지 확인할 수 없을 것 같습니다. 어쨌든 좀 더 찬찬히 읽어보니 그녀가 인간의 생명력을 꺾은 건 아니라는 생각이 들었습니다. 그러나 정보를 너무 많이 쌓아가고 있더군요. (《제인 에어》의 절반쯤 되는) 이 정도 분량의 책에서는 반도 사용할 수 없을 텐데. 하지만 어떤 수단을 동원했는지 몰라도 그녀는 등장인물 모두—로저, 클로이, 올리비아, 토니, 비검 씨—를 강을 거슬러 올라가는 카누에 태우는 데 성공했습니다. 나는 의자에 기대면서 잠깐만 기다리라고 말했습니다. 더 읽어보기 전에 전체적으로 좀 더 신중하게 살펴보아야 하니까요.

나는 메리 카마이클이 우릴 속인 게 확실하다고 중얼거렸습니다. 왜냐하면 급커브가 많은 지그재그식 철도에서 아래로 내려갈 거라고 예측했던 차가 궤도를 이탈해 다시 위로 올라갈 때 같은 기분이 느껴졌거든요. 메리는 예상되는 장면들의 순서를 조작하고 있었습니다. 처음에는 문장을 끊었고, 이제는 장면들을 뒤섞었습니다. 좋습니다, 단순히 파괴하기 위해서가 아니라 창조하기 위해서라면 그럴 권리가 있지요. 둘 중 어느 쪽인지는 그녀가 어떤 상황을 선택할지 밝힐 때까지 알 수 없습니다. 나는 그 선택할 자유를 그녀에게 주겠다고 말했습니다. 원한다면 통조림 깡통과 낡은 주전자를 가지고 그 상황을 만들어내도 좋습니다. 하지만 자신이 의도한 상황이라는 점은 나에게 확신시켜야 합니다. 그리고 자신이 만들어낸 것을 정면으로 직시해야 합니다. 뛰어넘어야 합니다. 그녀가 작가로서 의무를 다한다면, 나도 독자로서의 의무를 다하리라 마음먹으며 책장을 넘기고 읽었습니다…… 갑자기 중단해서 미안합니다만, 여기에 남성은 한 사람도 없겠죠? 저기 붉은 커튼 뒤에 차터스

바이런 경[54]이 숨어 있지 않다고 약속할 수 있나요? 여기 모두 여성들뿐이라고 장담할 수 있나요? 그렇다면 제가 읽은 바로 다음 문장을 말해드리죠. "클로이는 올리비아를 좋아했다……" 놀라지 마세요. 얼굴을 붉히지도 마세요. 우리끼리만 있는 자리니 가끔 이런 일들이 일어난다는 것을 인정하자고요. 때로 여성은 여성을 좋아합니다.

"클로이는 올리비아를 좋아했다." 이 문장을 읽었습니다. 그러자 문득 여기에서 어마어마한 변화가 일어났다는 생각이 들었습니다. 아마 문학사상 최초로 클로이는 올리비아를 좋아했을 것입니다. 클레오파트라는 옥타비아[55]를 좋아하지 않았습니다. 좋아했더라면《안토니와 클레오파트라》는 얼마나 다른 작품이 됐을까요?《생의 모험》에서 약간 벗어나서 생각해보면, 감히 이런 말

54 1928년 출간된 래드클리프 홀의 레즈비언 소설《고독의 우물》에 대해 금서 처분을 내린 판사.

55 옥타비아누스의 누이이자 안토니우스(안토니)의 아내.

을 해도 된다면 사실 《안토니와 클레오파트라》는 단순하고 인습적인 작품입니다. 옥타비아에 대해 클레오파트라가 느끼는 유일한 감정은 질투심입니다. 그녀가 나보다 키가 클까? 그녀는 머리를 어떻게 손질할까? 어쩌면 희곡에서 그 이상의 관계는 필요하지 않았겠죠. 그러나 두 여성의 관계가 좀 더 복잡했더라면 그 희곡은 얼마나 흥미로웠을까요? 수많은 문학작품에 나온 인상적인 허구의 여성들을 재빨리 떠올리며 생각하건대, 문학작품에 나타난 여성들 간의 관계는 너무 단순합니다. 너무 많은 부분이 생략됐고, 묘사하려는 시도조차 하지 않았습니다. 내가 읽어본 작품 중에 두 여성이 친구로 묘사된 경우가 있었는지 기억해보려 했습니다. 《크로스웨이즈의 다이애나》[56]에는 그러한 시도를 하려는 흔적이 있었고, 물론 라신의 작품과 그리스 비극에도 절친한 여자 친구들이 나옵니다. 때로 모녀간의 관계가 그렇고요. 그러나 거의 예외 없이 여성은 남성과의 관계를 통해

56 1885년 출간된 조지 메러디스의 소설.

서만 작품에 등장합니다. 제인 오스틴의 시대까지 픽션의 모든 위대한 여성들은 남성의 눈으로 보였을 뿐 아니라 남성과의 관계를 통해서만 보였다는 사실은 참 묘한 일입니다. 그것도 픽션에 묘사되는 여성의 삶은 아주 작은 일부일 뿐입니다. 게다가 검거나 붉은 성적 편견의 안경을 코에 걸친 남성들은 그것마저 제대로 이해하지 못합니다. 아마도 그래서 픽션에 나오는 여성들의 성격이 그렇게 특이한 것 같습니다. 그녀들은 경악할 만큼 아름답거나 극단적으로 불쾌한 존재로 천사의 선함과 악마의 타락 사이를 오갑니다. 남성의 애정이 커지거나 줄어드는 정도에 따라 여성은 복을 불러오거나 아니면 불행을 몰고 오는 존재로 그려집니다. 물론 19세기 소설가들은 이렇지 않습니다. 이들의 소설 속에서 여성은 좀 더 다양하고 복잡한 존재가 됩니다. 실제로 어쩌면 여성에 대해서 쓰고 싶은 욕망 때문에 남성들은 전쟁으로 인해 여성이 등장하기 힘들었던 사극 창작을 서서히 중단하고 그보다 여성에 더 잘 어울리는 장르로 소설을 선택했는지도 모르겠습니다. 그렇다 해도, 남성에 대해 여성이 아는 것이 별로 없었던 것처럼 남성 역시 여성에 대한 이해가 부족하고 편파적이었다는 점은 프루스트의 글에서조차 확연히 보입니다.

다시 그 페이지를 내려다보며 생각해보니, 여성도 가정에 대한 영원한 관심을 제외하면 남성처럼 다른 것에도 관심이 있었습니다. "클로이는 올리비아를 좋아했다. 그들은 실험실을 같이 쓰고 있었다……" 나는 계속 읽으며 이 젊은 여성 둘이 악성빈혈을 치료하기 위해 간을 잘게 자르는 데 몰두하고 있는 걸 알았습니다. 물론 과거의 문학작품에선 이런 장면들을 빼야 해서 허구의 여성에 대한 묘사가 지나치게 단순하고 단조로웠던 겁니다. 예를 들어 남성이 문학에서 오로지 여성의 애인으로만 묘사되고, 다른 남성의 친구 또는 군인, 사상가, 몽상가로 나오는 일이 없었다고 상상해봅시다. 그렇다면 셰익스피어의 희곡에서 그들에게 배정될 수 있는 역할이 얼마나 적을 것이며, 문학은 얼마나 형편없어졌을까요? 아마 오셀로와 안토니 같은 인물은 남아 있겠지만 시저도, 브루투스도, 햄릿도, 리어도, 자크도 없었을 것이며, 문학의 질은 믿을 수 없을 정도로 떨어졌을 겁니다. 이미 그동안 여성에게 닫혀 있던 문 때문에 실제로 문학의 질이 측정할 수 없을 정도로 떨어진 것처럼 말이지요. 자신의 의사와 상관없이 결혼해서 방에 갇혀 한 가지 일만 하도록 강요된 여성을 어떤 극작가가 충실하게 혹은 흥미롭거나 있는 그대로 묘사할 수 있겠습니까? 사랑만이 유일하게 쓸 수 있는 통역사였죠. 시인은 열정적이거나 씁쓸해할 수밖에 없었습니다. 그가 '여성을 증오하기를' 택하지 않았다면 말이지요. 그러나 이런 경우는 대개 그가 여성들에게 매력적인 남자가 아니란 뜻이죠.

자, 클로이가 올리비아를 좋아하고 둘이 실험실을 같이 쓴다면 그들의 우정이 더욱 다양하게 지속될 것입니다. 그들의 관계에는 단순히 개인적인 감정만 얽혀 있는 게 아니기 때문입니다. 만약 메리 카마이클이 글을 제대로 쓰는 법을 안다면(이제 나는 그녀의 문체에 깃든 일종의 개성을 즐기게 되었습니다), 그녀에게 혼자 쓸 수 있는 방이 있다면(이 점에 대해선 확신할 수 없습니다만), 그녀의 연간 수입이 500파운드라면(그것은 앞으로 입증되어야 할 사실이지요), 그렇다면 이 소설은 대단히 근사할 거라고 생각합니다.

만일 클로이가 올리비아를 좋아하고 메리 카마이클이 그것을 표현하는 법을 안다면, 그녀는 지금까지 아무도 들어가본 적 없는 거대한 방에 횃불을 밝힐 것이기 때문입니다. 그 길이 어디로 이어질지 모르는 상황에서 사람들이 촛불 한 자루만 들고 조심스럽게 위아래를 살펴보며 걸어가는 구불구불한 동굴처럼, 그 방은 반쯤 어둠에 잠긴 채 깊은 그늘에 잠겨 있습니다. 나는 그 책을 다시 읽으면서, 올리비아가 선반에 병을 올려놓으며 아이들에게 돌아갈 시간이라고 말하는 것을 클로이가 지켜보는 장면을 읽었습니다. 이것은 세상이 시작된 이래 단 한 번도 본 적이 없는 장면이라고, 나는 감탄해서 외쳤습니다. 그리고 나 역시 호기심에 차서 지켜봤습니다. 여성이 남성의 변덕스럽고 편견에 찬 빛에 비춰지지 않고 혼자 있을 때, 천장에 다닥다닥 붙은 나방의 그림자만큼이나 어렴풋이 이뤄지는 그 기록되지 않은 동작들과 말하지 않은 혹은 절반만 했던 말들을 포착하기 위해 메리 카마이클이 어떻게 작업에 착수하는지 보고 싶었으니까요. 그러려면 그녀는 숨을 죽여야 할 거라고 나는 계속 읽으며 생각했습니다. 여성은 누군가 분명하게 보이는 동기 없이 자신에게 관심을 가질 때 아주 강한 의심을 품기 때문입니다. 그녀는 자신을 숨기고 억누르는 데 아주 익숙해서, 누가 그녀를 관찰하는 눈빛으로 보며 눈을 한 번 까닥하기만 해도 달아나버립니다. 그래서 나는 메리 카마이클이 거기 있기라도 한 것처럼 말했습니다. 당신이 그 일을 할 수 있는 길은 계속 창밖을 내다보며 뭔가 다른 이야기를 하는 거라고요. 그래서 올리비아, 수백만 년 동안 바위 그늘 아래 웅크리고 있었던 이 생물이 자기 몸에 햇빛이 떨어지는 걸 느끼고, 지식, 모험, 예술 같은 낯선 음식들이 다가오는 것을 볼 때 어떤 일이 일어나는지 공책에 연필로 쓰지 말고 바로 아주 짧고 빠르게 속기를 하라고 말하겠습니다. 그리고 다시 책에서 고개를 들며 생각했습니다. 올리비아는 새로운 음식들을 붙잡기 위해 손을 내밀고, 무한히 복잡하고 정교한 전체적 균형을 깨뜨리지 않은 채 새것을 옛것에 받아들이기 위해, 다른 용도로 쓰려던 고도로 발달된 재능들을 완전히 새롭게 통합해야 한다고요.

하지만 아아, 나는 절대 하지 않겠다고 결심했던 일을 해버렸네요. 무심코 나와 같은 성을 칭찬해버렸습니다. "고도로 발달된", "무한히 복잡한" 이런 말들은 부인할 수 없는 찬사이고, 자신과 같은 성을 칭찬하는 것은 언제나 미심쩍은 데다 어리석기까지 했습니다. 더욱이 이 경우에는 이걸 어떻게 해명할 수 있겠어요? 지도를 가리키면서 콜럼버스가 아메리카 대륙을 발견했는데 콜럼버스는 여자였다고 말할 수도 없습니다. 또는 사과를 들고 중력의 법칙을 발견한 뉴턴은 여자였다고 할 수도 없습니다. 하늘을 보면서 머리 위로 날아가는 비행기를 여성이 발명했다고 할 수도 없습니다. 여성의 정확한 위상을 잴 수 있는 벽 위의 눈금도 없습니다. 훌륭한 어머니의 자질이나 딸의 헌신, 누이의 우애, 혹은 가정주부의 능력을 잴 수 있는, 1인치보다 더 작은 눈금으로 깔끔하게 구분된 야드 자도 없습니다. 아직까지도 대학에서

평가를 받아본 여성은 거의 없습니다. 육군, 해군, 무역, 정치, 외교 등 전문직을 놓고 여성을 시험해본 적도 거의 없지요. 지금 이 순간에도 여성은 어떤 직업군으로도 분류되지 않은 상태입니다. 그러나 내가 홀리 버츠 경에 대한 모든 정보를 알고 싶다면, 버크나 더브렛의 책을 펼치기만 하면 됩니다. 그러면 그가 이러저러한 학위를 받았고, 대저택을 보유하고 있고, 상속자가 있으며, 대신이었고, 캐나다에서 대영제국의 대표로 있었으며, 수많은 학위와 직무와 공로를 새겨놓은 메달과 훈장을 받았다는 것을 알게 될 것입니다. 오직 신만이 홀리 버츠 경에 대해 그보다 더 많이 아실 겁니다.

그래서 내가 여성에게 "고도로 발달된", "무한히 복잡한" 자질들이 있다고 말했을 때 그걸 휘터커나 더브렛이나 대학 연감으로 증명할 순 없습니다. 이런 난감한 상황에서 내가 뭘 할 수 있을까요? 다시 책장을 봤습니다. 거기에는 존슨과 괴테, 칼라일, 스턴, 쿠퍼, 셸리, 볼테르, 브라우닝과 그 외에 다른 사람들의 전기가 있었습니다. 문득 이런 생각이 들었습니다. 이 모든 위인들은 이런

저런 이유로 여성을 숭배했고 여성들을 쫓아다녔고, 여성과 함께 살았고, 여성에게 비밀을 털어놓았으며, 여성과 사랑을 나눴고, 여성에 대한 글을 썼으며, 여성을 신뢰했고, 여성을 필요로 하고 의지했다고밖에 묘사할 수 없는 면모들을 보여줬습니다. 이 모든 관계들이 전적으로 플라토닉했다고는 단언하지 않겠습니다. 윌리엄 조인슨 힉스 경[57]도 아마 부인할 겁니다. 그러나 이 뛰어난 남성들이 이런 관계에서 오직 편안함과 아첨과 육체적인 쾌락만을 즐겼다고 주장한다면, 그들을 모욕하는 말이 될 겁니다. 그들이 얻은 것은 분명 자신과 같은 성이 줄 수 없는 것이었습니다. 거기서 더 나아가, 열광적인 시인들의 말을 인용하지 않더라도 그것은 이성만이 줄 수 있는 선물로서 일종의 자극이자, 창조력을 부활시킨 힘이라고 해도 무모한 말은 아닐 겁니다. 남성은 응접실이나 아이 방의 문을 열고 여성이 아이들 가운데 있거나 무릎 위에 수놓을 천을 올려놓고 앉아 있는 광경을, 어

57 《고독의 우물》에 대해 금서 처분을 내린 당시의 내무장관.

느 쪽이건 자신이 낮 동안 살아가는 사회적 삶과 다른 삶의 질서와 체계의 중심으로 봅니다. 그러면 이 세계와 법정이나 하원 같은 자신의 세계가 대조되면서 그로 인해 그의 정신은 맑아지고 육체에는 활기가 돌게 될 겁니다. 그녀와 나누는 아주 간단한 대화에서조차 자연스럽게 견해 차이가 드러나서 그의 머릿속에 있던 메마른 아이디어들이 다시 생명력을 얻게 될 겁니다. 그녀가 그와는 다른 수단을 통하여 창조하는 광경을 봄으로써 그의 창조력이 활기를 띠면서, 불모지와 같았던 그의 마음이 미처 의식하지 못하는 사이에 서서히 다시 플롯을 짜게 되고, 그녀를 방문하려고 모자를 썼을 때는 생각지 못했던 표현이나 장면이 떠오를 겁니다. 존슨 같은 이에게는 스레일[58] 같은 여성이 있었고, 그래서 그가 그녀에게 집착하는 것입니다. 그러다 스레일이 이탈리아인 음악 선생과 결혼하자 존슨은 분노와 반감으로 반쯤 미쳐버립니다. 이제는 스트레텀에서 즐거운 저녁 시간을 보낼 수

58 헤스터 린치 스레일. 영국의 저술가이자 새뮤얼 존슨의 친구였다.

없을 뿐만 아니라 자신의 삶의 빛이 '꺼져버린' 것 같은 느낌이 들어서죠.

존슨 박사나 괴테 또는 칼라일이나 볼테르가 아니더라도, 우리는 이 위인들과는 아주 다른 식으로 여성의 복잡 미묘한 성격과 고도로 발달된 창조력을 느낄 수 있습니다. 한 여성이 방으로 들어갑니다. 그러나 그녀가 방으로 들어갈 때 어떤 일이 일어나는지를 그녀가 말할 수 있으려면, 영어라는 언어의 자원이 대폭 늘어나야 하고 단어들은 날개를 달고 나가 기존의 규칙과는 다른 모습으로 세상에 나와야 합니다. 방들은 다 달라요. 고요하거나 우레 같은 소리가 날 수도 있고, 바다가 보이거나 정반대로 감옥의 뜰을 마주 보고 있을 수도 있습니다. 빨래가 널려 있거나, 오팔과 실크로 화려하게 장식돼 방에 활기가 넘칠 수도 있습니다. 또 말 털처럼 뻣뻣하거나 새털처럼 부드러울 수도 있죠. 어느 거리의 어떤 방이든 들어서는 순간, 그야말로 복잡하기 그지없는 여성성이 지닌 힘이 느껴질 겁니다. 안 그럴 도리가 없지요. 여성은 수백 년 동안 방 안에 있었기 때문에, 지금은 벽에도 여성의 창조력이 속속들이 배어 있습니다. 그 창조력은 실제로 벽돌과 회반죽이 받아들일 수 있는 한계를 넘어서 이제는 펜과 붓과 사업과 정치로 흘러들어야 합니다. 하지만 이 창조력은 남성의 창조력과는 대단히 달라요. 그 창조력이 저지되거나 낭비된다면 더없이 유감스러운 일입니다. 여성의 창조력은 몇 세기에 걸쳐 가장 힘든 단련을 통해 나왔고, 그것을 대체할 것은 없으니까요. 여성이 남성처럼 글을 쓰거나 남성과 같은 생활을 하거나 또는 남성처럼 보인다면, 그것도 대단히 유감스러운 일입니다. 세상의 거대함과 다양성을 고려해볼 때 두 개의 성만으로도 부족할 지경인데 어떻게 하나의 성만 가지고 세상이 돌아갈 수 있겠습니까? 우리의 교육은 유사성보다는 차이점이 발휘되고 강화되도록 해야 하지 않을까요? 지금 우리는 너무 똑같습니다. 만약 어떤 탐험가가 돌아와서 다른 나뭇가지들 사이로 다른 하늘을 바라보는 다른 성에 대해 전해준다면 인류를 위해 그보다 더 큰 봉사는 없을 겁니다. 그리고 우리는 X교수가 자신이 '우월하다'는 것을 입증하기 위해 그것을 측정할 수 있는 자를 가지러 뛰어가는 모습을 지켜보는 재미도 볼 수 있겠지요.

나는 책에서 고개를 들어 허공을 바라보며, 메리 카마이클은 단순한 관찰자라는 그릇에 맞게 자신의 일을 수행할 거란 생각을 했습니다. 그녀는 소설가 중에서도 덜 흥미로운 부류, 다시 말해서 사색하는 소설가가 아니라 박물학자 같은 소설가가 되고 싶은 유혹을 느낄 것 같아 유감입니다. 그녀에게는 관찰해야 할 새로운 사실들이 아주 많습니다. 더 이상 중상층의 점잖은 집 안에 갇혀 있을 필요는 없을 겁니다. 그녀는 친절을 베풀거나 겸손한 척할 것 없이 동류의식을 가지고, 고급 창부와 매춘부, 그리고 퍼그를 안고 있는 여자가 있는 좁고 강한 향내가 나는 방으로 들어갈 것입니다. 그들은 남성 작가들이 강제로 건넨 거친 기성복을 입고 앉아 있습니다. 그러나 메리 카마이클은 가위를 꺼내서, 그녀들의 움푹 들어간 곳이나 각진 곳에 맞도록 옷을 잘라내 몸에 꼭 맞게 만들 겁니다. 후에 보게 될 이 여성들의 참모습이 어떨지 궁금합니다. 하지만 좀 더 기다려야 합니다. 왜냐하면 아직 메리 카마이클은 여성 차별의 유산인 '죄'라는 개념에 붙들려 자의식으로 고통 받을 테니까요. 그녀는 아직도 조잡하고 낡은 계급이라는 족쇄를 발에 차고 있을 겁니다.

하지만 대다수의 여성은 매춘부도 고급 창부도 아닙니다. 또 여름의 오후 내내 먼지투성이의 벨벳 드레스를 입고 퍼그를 품에 안고 앉아 있지도 않습니다. 그렇다면 그들은 무엇을 할까요? 내 마음의 눈에 강의 남쪽 어딘가 끝도 없이 늘어선 집에서 수많은 사람들이 모여 사는 긴 거리가 떠올랐습니다. 나는 상상의 눈으로 어떤 노부인이 아마도 자기 딸일 중년 여성의 부축을 받으며 길을 건너는 것을 보았습니다. 둘 다 구두를 신고 모피를 두른 점잖은 모습을 보니 그날 오후에 그렇게 차려입고 외출하는 것은 둘에게 하나의 의식이었나 봅니다. 그 옷들은 매년 여름이면 방충제를 넣은 옷장 속에 보관했을 겁니다. 해마다 그랬던 것처럼 모녀는 가로등에 불이 켜지고 있을 때(황혼 무렵이 그들이 좋아하는 시간이므로) 길을 건너갑니다. 노부인은 여든 살에 가깝습니다.

그러나 누군가 그녀의 삶이 스스로에게 무엇을 의미하는지 묻는다면, 그녀는 발라클라바 전투 때문에 거리에 불이 밝혀졌던 것을 기억한다거나 에드워드 7세의 탄생을 기념하며 하이드파크에서 축포가 울린 소리를 들었다고 대답할 것입니다. 그리고 누군가가 날짜와 계절을 정확히 짚어서 1868년 4월 5일과 1875년 11월 2일에 무엇을 하고 있었느냐고 묻는다면 그녀는 멍한 표정으로 아무것도 기억나지 않는다고 하겠죠. 그녀는 언제나 저녁을 차리고 설거지를 했습니다. 아이들은 학교에 다녔고 사회로 진출했습니다. 그 모든 집안일에서 남은 건 하나도 없습니다. 다 사라져버렸습니다. 그것에 대해 한마디라도 한 전기나 역사도 없죠. 그리고 소설은 그럴 의도는 없더라도 어쩔 수 없이 거짓말을 합니다.

이 끝도 없는 무명의 삶들을 기록으로 남겨야 한다고, 나는 메리 카마이클이 내 앞에 있기라도 한 것처럼 말했습니다. 그리고 길모퉁이에서 양손으로 허리를 짚고 선 채 살찌고 띵띵 부은 손가락에 반지를 끼고 마치 셰익스피어의 대사를 치듯 격렬한 동작으로 이야기하는 여자들, 문간에 쪼그려 앉아 있는 제비꽃 파는 여자와 성냥팔이 여자와 노파, 햇빛과 구름이 파도에 비치는 것처럼, 다가오는 남녀들과 쇼윈도의 깜박거리는 불빛이 어른거리는 얼굴로 정처 없이 떠도는 소녀들에게서 느껴지는 무언의 압력과 기록되지 않은 삶들이 축적된 런던 거리를 상상했습니다. 나는 메리 카마이클에게 횃불을 단단히 잡고 이 모든 것들을 탐구해야 한다고 말했습니다. 무엇보다도 당신은 그것으로 당신 영혼의 심오함과 피상적인 면, 허영과 관대한 면을 비추어야 합니다. 그리고 당신의 아름답거나 혹은 평범한 용모가 당신에게 어떤 의미인지, 인조 대리석이 깔린 포목점들 옆 약국의 약병에서 흘러나오는 희미한 냄새 속에서 끝없이 흔들리며 변하는 장갑, 구두, 잡동사니로 이루어진 세계와 당신이 어떤 관계가 있는지 이야기해야 합니다. 그래서 나는 한 상점에 들어가는 상상을 해봤습니다. 바닥은 흑백으로 포장되어 있고 놀랄 만큼 아름다운 색색의 리본이 여기저기 걸려 있었습니다. 나는 메리 카마이클도 지나가면서 여길 봤을지도 모르겠다는 생각이 들었습니다. 그것은 안데스 산맥의 눈 덮인 봉우리 또는 바위투성이 협곡만큼이나 글로 묘사하기에 어울리는 광경이었거든요. 또 카운터 뒤에 한 소녀가 있습니다. 나는 나폴레옹의 생애를 백쉰 번째로 쓴다든가 키츠에 대한 연구를 일흔 번째로 한다든가, 늙은 Z교수와 그 부류들이 지금 쓰고 있는, 밀턴의 어순 도치를 키츠가 사용했다는 그런 글을 쓰느니 차라리 저 소녀의 진짜 내력을 쓸 것입니다. 그러고 나서 아주 신중하게 까치발로 서서(나는 아주 겁이 많아서 전에 내 어깨를 후려칠 뻔했던 채찍질을 아주 겁내고 있습니다), 메리 카마이클이 남성의 허영심(차라리 기벽이라고 하는 편이 낫겠습니다, 그것이 훨씬 덜 공격적인 표현이니)을 신랄하지 않게 비웃는 법을 배워야 한다고 중얼거렸습니다. 왜냐하면 사람의 머리 뒤쪽에는 자신은 볼 수 없는 동전만 한 크기의 점이 있는데, 뒤통수의 그 동전만 한 크기의 점을 묘사하는 것은 한 성이 다른 성에게 해줄 수 있는 좋은 일 중 하나거든요. 여성들이 유베날리스의 논평과 스트린드베리의 비평에서 얼마나 많은 도움을 받았는지 생각해보십시오.[59] 고대로부터 남성들이 얼마나 인간적이면서도 재기 발랄하게 여성의 뒤통수에 있는 그 어두운 곳을 지적해왔는지 생각해보십시오. 만약 메리가 아주 용감하고 정직하다면, 그녀는 남성 뒤쪽에 가서 거기서 무엇을 발견했는지 우리에게 말해줄 것입니다. 여성이 동전 크기의 그 점을 묘사한 후에야 비로소 남성의 진정한 초상화가 완전하게 그려질 수 있습니다. 우드하우스 씨와 캐서본 씨[60]는 그 점의 크기와 본질을 잘 보여주는 인물입니다. 물론 누구라도 정신이 제대로 박힌 사람이라면, 그녀에게 처음부터 특별한 의도를 품은 채 조롱과 조소로 글을 쓰라고 권하지 않을 것입니다. 문학은 그런 태도로 쓴 글의 무용함을 잘 보여주니까요. 사실을 있는 그대로 써야 합니다. 그러면 그 결과는 놀랄 정도로 흥미로울 겁니다. 희극은 틀림없이 전보다 풍부해지고, 새

59 로마 시인 유베날리스와 스웨덴 극작가 아우구스트 스트린드베리. 둘 다 여성혐오적인 글을 남겼다.

60 우드하우스 씨는 《에마》에, 캐서본 씨는 《미들마치》에 나오는 인물.

로운 사실들이 발견될 것입니다.

그러나 다시 책으로 돌아갈 때가 됐습니다. 메리 카마이클이 무엇을 쓸 것인지, 무엇을 써야 하는지 생각하기보다 그녀가 실제로 쓴 글을 보는 것이 더 나을 테니까요. 그래서 다시 읽기 시작했습니다. 거기서 무언가 불만이 느껴졌던 게 기억납니다. 그녀는 제인 오스틴의 문장과 결별했기 때문에, 나무랄 데 없는 내 취향과 세심한 감상력을 과시할 기회를 박탈했습니다. 따라서 "그래, 이 부분은 아주 좋은데. 하지만 제인 오스틴이 당신보다 훨씬 더 잘 썼어"라고 말하는 건 아무 소용이 없었습니다. 두 작가 사이에는 아무런 유사성이 없다는 걸 알았으니까요. 게다가 거기서 그치지 않고 그녀는 연속성, 즉 독자가 기대하는 글의 순서를 무너뜨렸습니다. 어쩌면 무의식적으로 그랬는지도 모릅니다. 그녀는 마치 여성스럽게 쓰려는 것처럼 사건이 일어난 순서 그대로 서술했지만 그 결과 도저히 그 이야기를 이해할 수 없었습니다. 허공으로 솟구치는 파도를 볼 수 없고, 다음 모퉁이를 돌면 나오는 위기도 볼 수 없었습니다. 그래서 내

정서의 깊이와 인간의 마음에 대한 심오한 지식을 과시할 수 없었습니다. 내가 사랑이나 죽음에 관해 일상적인 곳에서 일상적인 감정을 느끼려고 할 때마다, 그 골치 아픈 작가는 마치 거기서 조금 더 읽어봐야 중요한 것이 나온다는 듯이 나를 홱 잡아당겼습니다. 그래서 나는 '근원적인 감정'이나 '인간성의 공통적인 면', '마음의 깊이'와 같은 말들을 낭랑하게 읊을 수 없었습니다. 그런 말들은 인간이 겉보기에는 약삭빠르게 행동할지 모르지만 속마음은 진지하고 심오하며 인간적이라는 우리의 믿음을 뒷받침해주는 표현들이죠. 그녀는 인간이 진지하고 심오하며 인간적인 것이 아니라 그 반대로, 매력이 훨씬 떨어지는 그저 나태하고 인습적일 뿐이라고 느끼게 글을 썼습니다.

하지만 나는 계속 읽다가 다른 점에 주목하게 됐습니다. 그녀가 '천재'가 아니라는 점은 확실했습니다. 레이디 윈칠시, 샬럿 브론테, 에밀리 브론테, 제인 오스틴, 조지 엘리엇이 지녔던 자연에 대한 사랑, 활활 타오르는 상상력, 야성적인 시상, 반짝이는 재치와 깊은 사고에서 우러나오는 지혜는 없었으니까요. 도로시 오스번같이 듣기 좋은 가락과 품위가 넘치는 글을 쓸 수도 없었고요. 사실 그녀는 그저 똑똑한 여성에 불과했고 그녀의 책들은 분명 앞으로 10년 안에 절판될 겁니다. 하지만 그녀에게는 그녀보다 훨씬 위대한 재능을 가진 여성들에게 반세기 전만 해도 결핍되어 있던 이점이 하나 있었습니다. 그녀에게 남성은 더 이상 "반대파"가 아니었습니다. 그녀는 남성들에게 욕설을 퍼붓느라 시간을 낭비할 필요가 없었습니다. 지붕으로 올라가서 자신에게 거부된 여행, 경험, 세상과 사람들에 대한 지식을 염원하며 마음의 평화를 깨뜨릴 필요가 없었지요. 공포와 증오는 거의 다 사라졌고, 자유의 기쁨을 약간 과장하거나 남성을 논할 때 낭만적이 아니라 신랄하게 풍자하는 경향에서 남은 흔적이 조금 보이는 정도였습니다. 그렇다면 그녀가 소설가로서 상당한 수준의 자연스러운 이점을 누린 건 확실합니다. 그녀는 매우 다양하고, 열정적이며, 자유로운 감수성을 가지고 있었습니다. 그 감수성은 자각할 수 없을 정도로 아주 미세한 접촉에도 반응을 보였습니다.

야외에 새로 심은 식물처럼 자기에게 다가온 모든 광경과 소리를 한껏 향유했습니다. 또한 세상에 알려지지 않고 기록되지 않은 것들을 신기해하며 소리 없이 그 사이로 퍼져나갔습니다. 그 감수성은 작은 것들 위에 내려앉아 결국은 그것들이 작지 않다는 것을 보여주었습니다. 그녀의 감수성은 숨겨져 있던 것들에 빛을 밝혀서 애초에 그걸 숨길 필요가 있었는지 생각하게 만들었습니다. 그녀는 비록 서툴렀고, 새커리나 램 같은 작가들이 펜을 슬쩍 움직이기만 해도 듣기 좋은 작품을 만들어낸 오랜 남성적 문학과 무의식적인 관계는 없지만 중요한 첫 번째 교훈을 터득했다는 생각이 들었습니다. 즉 그녀는 여성으로서 글을 썼지만 자신이 여성이라는 사실을 잊어버리고 썼습니다. 그래서 그녀의 책은 작가가 자신의 성을 의식하지 않을 때 생겨나는 신기한 성적 특징으로 가득 차 있습니다.

이 모든 점은 그녀에게 이득이 됩니다. 그러나 무상하고 개인적인 소재들로 영원히 무너지지 않을 건축물을 세울 수 없다면 아무리 풍부한 감각이나 섬세한 인식이라도 쓸모가 없습니다. 나는 그녀가 '어떤 상황'에 대처할 때까지 기다리겠다고 말했었지요. 그 말의 의미는 그녀가 부르고, 오라고 손짓하고 한데 모아서 그녀가 단순히 표면만 훑어본 것이 아니라 심연 저 밑바닥까지 들여다보았다는 것을 증명할 때까지란 뜻입니다. 어느 순간이 되면 그녀는 스스로에게 이렇게 말할 겁니다. 자, 이제 난리법석을 피우면서 하지 않아도 이 모든 것의 의미를 보여줄 수 있는 때가 되었다고 말입니다. 그녀는 부르고 손짓하기 시작할 것이며(그때의 활기는 얼마나 생생할는지!) 그러면 다른 장들에서 슬쩍 비친 아주 사소한 것들, 반쯤 잊힌 것들이 기억에 떠오를 것입니다. 그녀는 누군가 바느질을 하거나 담배를 피우는 동안 될 수 있는 한 자연스럽게 그 잊힌 것들의 존재가 느껴지도록 만들 것입니다. 그렇게 그녀가 계속 쓰는 사이에 우리는 마치 세상 꼭대기에 올라서서 그 밑에 아주 장대하게 펼쳐진 세상을 내려다본 것 같은 기분이 들 겁니다.

어쨌든 그녀는 그런 시도를 하고 있었습니다. 그리고 나는 그녀가 그 시험을 치르기 위해 준비하는 시간이 길어지는 모습을 지켜보면서, 주교와 대성당 주임 사제와 박사와 교수와 가장과 교사 등이 그녀를 향해 고함을 치며 경고와 충고를 하는 모습을 보았지만, 그녀는 그들을 보지 않았기를 바랐습니다. 당신은 이런 일은 할 수 없고, 저런 일은 해서는 안 됩니다! 대학 연구원과 학자들만이 학교 잔디밭에 들어갈 수 있습니다! 부인들은 소개장 없이는 들어갈 수 없습니다! 열망을 품은 우아한 여류 소설가들은 이쪽으로 와요! 이렇게 그들은 경마장 울타리에 몰려든 군중처럼 그녀에게 계속 소리 질렀고, 그동안 그녀는 오른쪽이나 왼쪽을 돌아보지 않고 울타리를 넘는 시험을 치러야 했습니다. 그녀가 만약 욕을 하려고 멈춰 선다면 당신은 파멸이라고 나는 말했습니다. 비웃으려고 멈추어도 마찬가지입니다. 망설이거나 더듬거리면 당신은 끝입니다. 오로지 울타리를 뛰어넘는 것만 생각해요. 나는 그녀의 등에 전 재산을 건 것처럼 애원했습니다. 그녀는 새처럼 그것을 훌쩍 넘어갔습니다. 그러나 그 너머에도 울타리가 있고, 그 너머에도 또 있었습니다. 박수 소리, 고함 소리에 신경이 날카로워

져서 그녀가 버텨낼 수 있을지 걱정이었습니다. 그러나 그녀는 최선을 다했습니다. 메리 카마이클이 천재도 아니고, 돈과 시간, 여유 같은 바람직한 조건들도 부족한 상황에서 침실 겸 거실 한 칸에서 첫 번째 책을 쓰고 있는 무명의 여성이라는 점을 생각한다면, 결과는 그리 나쁘지 않다고 생각했습니다.

나는 마지막 장을 읽으며(누군가 거실의 커튼을 젖혀서 별이 총총한 밤하늘을 배경으로 사람들의 코와 맨 어깨가 적나라하게 보였지요) 그녀에게 100년이란 시간을 더 주자고 결론을 내렸습니다. 그녀에게 자기만의 방과 연간 500파운드를 주자. 그녀가 솔직하게 자신의 내면을 이야기하고 지금 쓴 것의 절반을 빼버리게 놔두자. 그러면 그녀는 조만간 더 나은 책을 쓸 거라고 말입니다. 나는 메리 카마이클이 쓴 《생의 모험》을 책장 끝에 꽂으며 그녀는 시인이 될 거라고 말했습니다. 앞으로 100년이 지나면 말이지요.

6

다음 날 10월의 아침 햇살이 커튼을 치지 않은 창문으로 들어와 허공에 떠도는 먼지들을 비췄습니다. 거리의 차 소리가 커졌습니다. 이 시간의 런던은 기지개를 켜고, 잠에서 깬 공장은 기계를 돌리기 시작합니다. 앞서 여러 책들을 읽고 나니 이제 창밖을 내다보며 1928년 10월 26일 아침에 런던은 무엇을 하고 있는지 보고 싶어졌습니다. 런던은 무엇을 하고 있을까요? 어느 누구도《안토니와 클레오파트라》를 읽고 있는 것 같지는 않았습니다. 런던은 셰익스피어의 희곡에 전혀 관심이 없는 것처럼 보였습니다. 어느 누구도 픽션의 미래나 시의 죽음, 평범한 여성의 마음을 완벽하게 표현해줄 산문 스타일의 발달에 눈곱만큼도(그들을 비난하는 건 아닙니다) 신경 쓰지 않았습니다. 보도블록에 이에 대한 견해가 쓰여 있다 해도 그것을 읽으려고 몸을 굽히는 사람은 없을 겁니다. 30분도 못 가 아무 관심 없이 바쁘게 지나다니는 발자국들에 의해 지워져버리겠죠. 저기 심부름하는 소년이 하나 오고 있군요. 한 여인이 개 줄을 채운 개를 데리고 갑니다. 런던 거리의 매력은 비슷해 보이는 사람이 단 한 명도 없다는 사실입니다. 모두 자기만의 개인적인 용무에 매여 있는 것처럼 보입니다. 사업가 같은 사람들이 작은 가방을 들고 지나갑니다. 철제 난간에 지팡이를 부딪치며 정처 없이 떠도는 사람들도 있습니다. 길거리를 클럽의 회원실 정도로 여기는지 마차에 탄 사람들에게 큰 소리로 인사하고 묻지도 않는데 새로운 소식을 알려주는 붙임성 있는 사람들도 있습니다. 장례식 행렬도 지나갑니다. 그걸 보고 자신도 언젠가는 죽을 거라는 사실을 불현듯 깨달은 행인들은 모자를 들어 경의를 표하는군요. 또 아주 기품 있는 차림의 신사가 천천히 층계를 내려오다 바삐 서두르는 어떤 부인과 부딪치지 않으려고 멈춰 섭니다. 그녀는 가까스로 장만한 화려한 모피코트를 입고 파르마 제비꽃 한 다발을 안고 있습니다. 모두 그 누구와도 섞이지 않은 채 자기 일에만 몰두하고 있는 듯이 보였지요.

그 순간 거리가 조용해지면서 오가는 사람들과 마차들의 행렬이 정지되었습니다. 런던에선 가끔 이런 순간이 찾아옵니다. 아무것도 거리를 따라 내려오지 않았고, 아무도 지나가지 않았습니다. 거리 끝의 플라타너스에서 이파리 하나가 떨어져 바로 그 휴지와 정지의 순간에 팔랑팔랑 내려왔습니다. 어쩐지 그것은 하나의 신호 같았습니다. 지금까지 사람들이 미처 보지 못하고 넘어가버린, 사물에 내재한 힘을 나타내는 신호 말입니다. 그것은 보이지 않지만 재빨리 흘러가면서 모퉁이를 돌며 길 가는 사람들을 싣고 가 소용돌이치게 하는 강물 같았습니다. 옥스브리지에서 보트에 탄 대학생과 낙엽을 싣고 흐르던 강물처럼 말입니다. 이제 그 흐름은 거리의 한쪽에서 대각선 방향의 다른 쪽으로 에나멜가죽

구두를 신은 한 소녀를 실어 왔습니다. 그러고 나서 밤색 외투를 입은 청년을 데려오고 있었습니다. 그것은 택시도 실어 왔지요. 그 흐름이 이 세 가지를 내 창문 바로 밑으로 데려왔습니다. 거기에 택시가 섰고, 소녀와 청년도 멈췄습니다. 그들은 택시에 올라탔고, 마치 그 흐름에 휩쓸리듯 다른 곳으로 흘러가버렸습니다.

그건 아주 일상적인 광경이었습니다. 이상한 건 내 상상력이 그 광경에 리드미컬한 질서를 부여했고, 두 사람이 택시에 올라타는 일상적인 광경을 봤는데 거기서 보이는 그들의 만족감 같은 것이 내게 전해졌다는 겁니다. 택시가 방향을 틀어서 사라지는 모습을 지켜보며 두 사람이 거리를 따라 내려와 모퉁이에서 만나는 광경이 내 마음에 쌓인 긴장을 덜어준 것 같았습니다. 어쩌면 내가 지난 이틀간 해온 것처럼, 한 성을 다른 성과 구별하여 생각하는 것은 아주 힘든 일일지도 모르겠습니다. 그 생각은 자주 내 마음을 산란하게 만듭니다. 이제 두 남녀가 만나서 택시에 같이 올라타는 광경을 보자 그런 생각은 중지되고, 내 마음은 다시 하나가 됐습니다. 마음이란 정말 신비로운 기관이라는 생각을 하며 나는 창문에서 고개를 돌렸습니다. 우리는 마음에 대해 아는 게 하나도 없으면서도 전적으로 의지하고 있습니다. 나는 창문에서 고개를 돌려 안으로 들어가면서 곰곰이 생각해보았습니다. 우리 몸에 분명한 원인이 있어서 긴장하듯이, 마음에도 단절과 대립이 있다고 느낀 것은 무엇 때문일까? '마음의 통일'이라는 말은 무슨 의미일까, 나는 골똘히 생각했습니다. 마음이란 언제 어느 때고 어디에든 집중할 수 있는 엄청난 힘이 있어서, 마음에는 여러 개의 상태가 존재하는 것 같습니다. 예를 들어 마음은 거리의 사람들과 스스로를 분리시킬 수 있고, 2층 창문에서 사람들을 내려다보면서 그들과 자신이 별개의 존재라고 생각할 수 있습니다. 혹은 군중 가운데 서서 뉴스가 나오길 기다릴 때처럼 자진해서 다른 사람들과 같은 생각을 할 수도 있지요. 글을 쓰는 여성은 자기 어머니를 통해 거슬러 올라가 생각한다고 앞에서 말했던 것처럼 아버지를 통해서 혹은 어머니를 통해서 거슬러 올라가 생각할 수도 있습니다. 만약 당신이 여성이라면 종종 갑작스러운 의식의 분열에 놀라게 됩니다. 이를테면 화이트홀[61]을 따라 걷다가 자신이 이 문명의 타고난 상속자가 아니라 그 반대로 문명 밖에 서 있는 이질적이고 비판적인 존재라는 사실을 깨닫게 되는 것처럼 말입니다. 분명히 마음은 항상 그 초점을 바꿔가며, 세계를 다른 관점에서 보게 합니다. 그러나 이렇게 자연스러운 마음이 들었다 해도 불편해지는 상태도 있습니다. 불편한 마음 상태를 지속시키려면 사람은 무의식적으로 뭔가 억누르게 되고, 그러기 위해 의식적으로 노력을 해야 하는 단계가 서서히 다가옵니다. 그러나 어떤 것도 억누를 필요가 없기 때문에, 노력하지 않고도 지속할 수 있는 마음 상태가 있습니다. 아마 지금이 그런 상태일 거라고 나는 창문에서 물러나며 생각했지요. 왜냐하면 그 두 사람이 택시에 올라타는 것을 보았을 때, 분열돼 있던 마음이 다시 모여 자연스럽게 합쳐진 느낌이었기 때문입니다. 두 성이 협력하는 것이 자연스럽다는 점이 명

61 런던 중심부의 관공서 거리.

백한 이유일 겁니다. 인간에게는 남성과 여성의 결합이 가장 큰 만족과 행복을 준다는 이론을 선호하는, 비합리적이지만 심오한 본능이 있습니다. 그러나 두 사람이 택시에 올라탄 광경과 그걸 보며 느낀 만족감 때문에 나는 마음속에도 육체의 두 성에 상응하는 두 개의 성이 있는지, 그리고 그것들도 또한 완벽한 만족과 행복을 위해 결합되기를 요구하는지 자문해봤습니다. 나는 계속해서 미숙하게나마 영혼의 도면을 그려보았지요. 우리의 영혼 속에는 남성적인 힘과 여성적인 힘 두 종류가 있습니다. 남성의 두뇌에서는 남성적인 힘이 여성적인 것을 지배하고, 여성의 두뇌에서는 여성적인 것이 남성적인 것을 지배합니다. 이 두 가지가 같이 조화를 이루고, 정신적으로 협력할 때 우리는 정상적으로 편안한 마음을 가지게 됩니다. 남성이라 해도 두뇌 속에 있는 여성성을 사용해야 합니다. 여성도 자기 내면의 남성성과 소통해야 합니다. 콜리지[62]가 위대한 마음은 양성적이라고

62 영국의 시인이자 평론가 새뮤얼 테일러 콜리지.

말했을 때 아마 이런 의미였을 겁니다. 이렇게 두 성이 결합해야 인간의 마음은 온전히 풍부해지고 제 기능을 충분히 발휘하게 됩니다. 아마 전적으로 남성적인 마음은 전적으로 여성적인 마음과 마찬가지로 창조력을 상실할 것입니다. 그러나 잠시 멈춰 서서 책 한두 권을 살펴보며 여성적인 남성과, 그 반대로 남성적인 여성이 무슨 뜻인지 살펴보는 게 좋겠습니다.

위대한 마음은 양성적이라는 콜리지의 말은, 여성을 특별히 동정하거나, 여성의 대의를 받아들여 여성을 대변하는 데 헌신하는 마음을 뜻한 건 아니었습니다. 어쩌면 양성적인 마음은 한 성의 마음보다 이런 성적 차이를 잘 구별하지 못할지도 모릅니다. 콜리지가 말한 양성적 마음이란 타인의 마음에 공명하고, 잘 받아들이며, 어떤 거리낌도 없이 자신의 감정을 전달할 수 있고, 선천적으로 창조적이고, 열정적이며, 분열되지 않은 마음이란 뜻이었을 겁니다. 사실 양성적인 마음, 남성이면서 여성적 마음을 보여주는 전형으로 셰익스피어의 마음을 들 수 있습니다. 셰익스피어가 여성에 대해 어떻게 생각했는지는 모르겠지만 말입니다. 그리고 실제로 성에 대해서 특별히 생각하거나 또는 분리해서 생각하지 않는 것이 완전히 발달된 마음의 상징이라면, 지금보다 더 그런 상태에 이르기 힘들었던 때도 없습니다. 여기서 나는 현존 작가들의 책이 꽂힌 곳에 멈춰 서서, 오랫동안 내가 품어온 의문의 근저에 바로 이 사실—두 성이 화합하지 못한다는 사실—이 있었던 게 아닌가 생각했습니다. 지금처럼 집요하고 지독하게 성을 의식한 시대는 없었을 것입니다. 대영박물관에 있는 그 무수한 책들, 여성에 관해 남성들이 쓴 그 책들이 그 점을 입증합니다. 분명 여성 선거권 운동도 이유 중 하나겠죠. 그것이 스스로의 존재를 주장하고 싶은 특별한 욕망을 남성에게 일깨워주었을 겁니다. 그리고 여성에게 도전받지 않았더라면 생각해보지도 않았을 자신의 성과 그 성의 특징을 강조하도록 만들었을 테고요. 그리고 사람이란 전에 그런 적이 한 번도 없다가 도전을 받게 되면 과도한 보복을 하는 법입니다. 비록 그 상대가 검은 보닛을 쓴 몇 안 되는 여자라 하더라도 말이지요. 나는 여기서 본 남성 작가가 지나치게 호전적이었던 이유를 이제야 이해하면서 비평가들의 호평을 받으며 전성기를 향유하고 있는 A씨의 신간 소설을 꺼내 펼쳤습니다. 사실 남성이 쓴 글을 다시 읽어보니 재미있었습니다. 여성들이 쓴 글을 읽은 후에 읽자, 딱 부러지는 데다 아주 솔직하게 느껴졌지요. 작가가 정신적으로나 육체적으로 자유롭고, 자신감도 크다는 뜻일 겁니다. 그는 단 한 번도 좌절을 겪거나 반대에 부딪치지 않고, 자신이 원하는 걸 마음껏 추구할 수 있었습니다. 이 모든 것이 감탄할 만하더군요. 그러나 한두 장을 읽고 나자 그림자 하나가 책장을 가로질러 드리워지는 게 느껴졌습니다. 그것은 'I'자 모양의 곧고 검은 막대였습니다. 나는 그림자 너머의 풍경을 조금이라도 보려고 고개를 이쪽저쪽으로 돌려봤습니다. 그 풍경이 실제로는 나무 한 그루인지 아니면 한 여자가 걸어오는 것인지 확신할 수 없었습니다. 'I'라는 글자가 끊임없이 나를 가로막았거든요. 나는 'I'에 싫증나기 시작했지요. 이 'I'가 더할 나위 없이 존경스럽고, 정직하고, 사리분별을 잘하며, 단단하고, 몇 세기 동안 잘 배우고 잘 먹어서 세련되게 다듬어졌다는 사실을 부정하는 것은 아닙니다. 나는 그 'I'를 진심으로 존경하고 훌륭하다고 생각합니다. 그러나(나는 이것저것을 찾느라 한두 페이지를 넘겼습니다) 이 상황에서 가장 한심한 점은, 그 'I'라는 글자의 그림자 속에서는 다른 모든 것이 안개처럼 형체가 없다는 겁니다. 저건 나무일까? 아니, 여자군. 그러나…… 그녀, 피비(이것이 그녀의 이름이지요)가 해변을 가로질러 오는 것을 지켜보며 나는 그녀의 몸에 뼈가 하나도 없는 것 같다고 생각했습니다. 그때 앨런이 일어나자 그의 그림자가 곧바로 피비를 지워버렸습니다. 그가 가진 여러 견해 속에 피비가 잠겨버렸기 때문입니다. 나는 앨런에게 열정이 있다고 생각했습니다. 여기서 위기가 다가오는 게 느껴져 나는 책장을 사정없이 넘겼습니다. 정말 그랬습니다. 그 일은 햇살이 환하게 내리는 해변에서 일어났습니다. 아주 공개적으로, 대단히 격렬하게 일어났지요. 그보다 더 외설적인 장면은 없었을 겁니다. 그러나…… 내가 '그러나'를 너무 자주 쓰는군요. 계속해서 '그러나'라는 말만 할 수는 없는데 말이죠. 어떻게든 이 문장을 끝내야 한다고 나는 스스로를 야단쳤습니다. "그러나, 나는 지루해졌다!"라고 끝낼까요? 그러나 내가 왜 지루해졌을까요? 부분적으로는 'I'라는 글자의 어마어마한 권세와 거대한 너도밤나무 같은 그 글자의 그늘에 드리워진 황량함 때문이겠지요. 그곳에서는 아무것도 자랄 수 없으니까요. 한편으로는 그보다 덜 명쾌한 이유도 있었습니다. A씨의 마음속에는 창조적 에너지의 샘을 막아버리고 그것을 좁은 한계 안에 가두는 어떤 장애물이 있는 것처럼 보였습니다. 옥스브리지에서의 오찬과 담뱃재, 맹크스 고양이, 테니슨과 크리스티나 로세티를 한데 묶어서 떠올려보니 아마도 거기에 그 장애물이 있는 것 같았습니다. 피비가 해변을 가로질러 올 때 그는 더 이상 숨을 죽이고 "문가의 시계꽃에서 반짝이는 눈물이 떨어졌지"라고 콧노래를 부르지 않았고, 피비도 "내 마음은 노래하는 새, 둥지는 물오른 여린 가지에 있고"라고 답하지 않았지요. 그러니 앨런이 다가가서 무엇을 할 수 있겠습니까? 대낮처럼 정직하고 태양처럼 논리적인 그가 할 수 있는 일이라고는 단 하나밖에 없습니다. 그를 공평하게 평가하자면, 그는 그 일을 자꾸 자꾸(나는 책장을 넘기면서 말했습니다) 반복해서 합니다. 그리고 그 일은, 이 고백이 너무 대담하다는 것을 알면서 덧붙이지만, 어쩐지 따분해 보였습니다. 셰익스피어의 외설은 우리의 마음속에 수천 가지 다른 생각들을 뿌리부터 흔들어놓으며 결코 지루하지 않습니다. 그러나 셰익스피어는 재미로 그렇게 합니다. A씨는, 유모들 말처럼, 일부러 그렇게 합니다. 항의하느라 그런 거죠. 자신의 우월성을 주장해서 다른 성의 평등에 맞서고 있습니다. 그래서 그는 좌절되고, 억제되고, 스스로의 성을 너무 의식합니다. 아마 셰익스피어도 클러프 양[63]이나 데이비스 양을 알았더라면 그랬을 겁니다. 여성운동이 19세기가 아니라 16세기에 시작되었더라면 엘리자베스 시대의 문학은 분명 지금과는 아주 달랐을 겁니다.

마음의 두 측면에 관한 이 이론이 유효하다면, 근래에 와서 남성성의 자의식이 강해졌다고 말할 수 있습

63 뉴넘 대학의 초대 학장 앤 제미마 클러프.

니다. 다시 말해, 현대의 남성은 자기 두뇌에 있는 남성적인 면만 가지고 글을 쓴다는 뜻입니다. 여성이 그들의 글을 읽는 것은 실수입니다. 아무리 찾아도 거기 없는 걸 찾으려 들 테니까요. 그들에게 가장 결핍된 것은 암시하는 힘입니다. 나는 비평가 B씨의 책을 손에 쥐고 시의 기법에 관한 그의 논평을 신중하게 읽으며 그렇게 생각했습니다. 그의 논평은 예리하며 풍부한 학식이 담겨 있어 훌륭했습니다. 문제는 비평가의 감정이 전달되지 않는다는 점이었습니다. 그의 마음은 각각의 방에 분리되어 있었고 어떤 소리도 이 방에서 저 방으로 전해지지 못하는 것 같았습니다. 그래서 B씨의 문장 하나를 떠올려보면 그것은 바닥에 털썩 떨어져서 죽어버립니다. 하지만 콜리지의 문장 하나를 마음에 떠올리면 그것은 폭발하면서 온갖 다른 생각들을 태어나게 합니다. 그런 글이야말로 영생의 비밀을 가지고 있다고 할 수 있는 유일한 종류의 글입니다.

그러나 이유가 뭐든 현대 남성이 남성적인 면만 가지고 글을 쓴다는 것은 개탄할 수밖에 없는 사실입니다.

왜냐하면 그것은—여기서 나는 골즈워디 씨와 키플링 씨[64]의 책들이 나란히 꽂혀 있는 곳에 와서 섰습니다—우리 시대 위대한 현존 작가들의 훌륭한 몇몇 작품이 철저히 무시된다는 뜻이기 때문입니다. 아무리 노력해도 여성은 그들의 작품에서 비평가들이 있다고 설득하는 영원한 생명의 샘을 발견할 수 없습니다. 그 작품들은 남성의 미덕을 찬미하고 남성적 가치를 강요하며 남성의 세계를 묘사할 뿐 아니라, 그 책들에 배어 있는 감정이 여성으로선 기이할 따름이기 때문입니다. 작가는 결말이 나오기 한참 전부터 이렇게 말하기 시작합니다. 그것이 나오고 있다, 그것이 모이고 있다, 그것이 머리 위에서 막 터지려 한다. 그 그림은 늙은 졸리온[65]의 머리 위에 떨어질 것이고, 그는 그 충격으로 죽을 것이며, 늙은 서기가 그의 죽음에 관해 두세 마디 사망 기사를 읊조리겠지요. 그리고 템스강의 모든 백조들은 동시에 노

64 존 골즈워디와 러디어드 키플링 모두 노벨문학상 수상자.

65 존 골즈워디의 소설《포사이트가의 이야기》에 나오는 인물.

래를 시작할 겁니다. 그러나 그런 일이 일어나기 전에 여성은 재빨리 달아나서 구스베리 덤불 속에 숨을 것입니다. 왜냐하면 남성에게는 대단히 깊고 미묘하며 무척이나 상징적인 감정이 여성에게는 미심쩍은 것이니까요. 등을 돌린 키플링 씨의 장교들도 그렇습니다. '씨'를 뿌리고 다니는 '남성들', 홀로 '일'에 몰두한 '남성들', 그리고 '깃발'…… 여성들은 순전히 남성들만의 난잡한 파티 이야기를 엿듣다가 들킨 것처럼 이 따옴표 안의 활자들을 보며 얼굴을 붉히게 됩니다. 실은 골즈워디 씨나 키플링 씨는 내면에 여성적인 불꽃이 하나도 없습니다. 그래서 일반화해서 말해보자면 여성들이 보기에 그들의 모든 자질은 미숙하고 치기 어린 것으로 보입니다. 그들은 암시하는 힘이 부족합니다. 그 힘이 부족한 책은 아무리 마음의 표면을 세게 친다 해도 그 속으로 뚫고 들어갈 수 없습니다.

그래서 나는 안절부절 책을 꺼냈다가 보지도 않고 다시 꽂아 넣으며 앞으로 다가올, 전적으로 자신의 남성다움을 주장하고 과시하는 시대를 상상해보았습니다.

교수들의 편지에서(월터 롤리 경[66]의 편지를 예로 들어) 전조가 보이고, 이미 이탈리아의 통치자들이 그런 인물들을 출현시킨 시대 말입니다. 로마에 가면 완전한 남성성에 강한 인상을 받을 수밖에 없습니다. 국가에 그 순전한 남성성이 어떤 가치가 있건, 시 예술에 그것이 어떤 영향을 미칠 것인지는 의문을 품게 됩니다. 신문 보도에 따르면 어쨌든 이탈리아에서는 소설에 대해 어떤 불안감이 있는 모양입니다. "이탈리아 소설을 발전시키기 위한" 목적으로 학술회 회원들의 회의가 열렸습니다. 최근에 "명문가 출신과 재정, 산업, 파시스트 법인의 유명 인사들"이 모여서 그 문제를 논의했고, "파시즘 시대에는 곧 그에 걸맞은 시인이 태어날 것"이라는 희망을 담은 전문을 총통에게 보냈습니다. 우리 모두 그 경건한 희망에 동참할 수는 있겠지만, 인큐베이터에서 시가 나올 수 있을지는 미심쩍은 일입니다. 시는 아버지뿐 아니라 어머니도 있어야 하니까요. 두려운 일입니다만, 파시즘 시는

66 영국의 군인, 탐험가, 시인.

어떤 소도시 박물관의 유리병 속에서나 볼 수 있는, 작고 소름 끼치는 발육부진의 생물일 것입니다. 그런 괴물은 수명이 짧다고 합니다. 그런 괴물이 들판에서 풀을 뜯는 일은 한 번도 목격된 적 없습니다. 몸통 하나에 머리가 두 개 있다면 오래 못 살죠.

그러나 이 모든 것을 비난하려 한다면, 그 화살이 어느 한 성에만 꽂히는 건 아닙니다. 유혹자들과 개혁가들 양쪽 다 책임을 져야 합니다. 즉 그랜빌 경에게 거짓말을 했을 때의 레이디 베스버러와, 그레그 씨에게 진실을 말했을 때의 데이비스 양 모두 말입니다. 성을 의식하도록 만든 모든 사람들이 비난을 받아야 합니다. 그리고 내가 책에 관한 나의 재능을 발휘하려고 할 때, 그 책을 데이비스 양과 클러프 양이 태어나기 이전의 행복한 시대, 즉 작가가 자기 마음의 남성적인 면과 여성적인 면을 똑같이 사용했던 시대에서 찾도록 만든 것도 그들입니다. 그렇다면 우리는 셰익스피어로 돌아가야 하겠지요. 셰익스피어의 마음은 양성적이었으니까요. 키츠와 스턴, 쿠퍼, 램, 콜리지도 그렇습니다. 아마도 셸리는 무성이었을 겁니다. 밀턴과 벤 존슨은 남성적인 기질이 너무 강했습니다. 워즈워스와 톨스토이도 마찬가지였고. 우리 시대에서 보면 프루스트가 완전히 양성적 마음을 가지고 있고, 어쩌면 여성적 마음이 조금 더 강했는지 모르겠습니다. 그러나 그런 결점은 불평할 수도 없을 만큼 아주 귀하죠. 그런 종류의 결합이 없었다면 지성이 우위를 차지하면서 마음의 다른 기능들은 무감각해지고 황량해지기 때문입니다. 그러나 이것은 일시적인 현상일 거라고 스스로 위안을 삼았습니다. 여러분에게 내 생각의 흐름을 서술하겠다는 약속을 지키기 위해 지금까지 한 이야기들은 대부분 여러분들 눈엔 구식으로 보일 것입니다. 내 눈에는 활활 타오르는 불길이 아직 성년이 되지 않은 여러분에게는 애매해 보일 겁니다.

그렇다 해도, 여기서 책상으로 가서 "여성과 픽션"이라는 제목이 쓰인 종이를 들어 올리며 생각는데, 내가 여기에 쓰게 될 첫 번째 문장은 바로 글을 쓰는 사람이 자신의 성을 염두에 두고 쓰면 치명적이라는 것입니다. 한 성에 전적으로 치우치는 건 치명적입니다. 인간은 남성적 여성이거나 여성적 남성이어야 합니다. 여성이 어떤 불만을 조금이라도 강조하거나, 설사 정당한 것이라 하더라도 어떤 대의명분을 옹호하는 것, 어떤 식으로건 여성이 자신의 성을 의식하며 말하는 것은 치명적입니다. 여기서 '치명적'이란 비유적인 표현이 아닙니다. 의식의 편향을 토대로 쓰인 글은 결코 살아남지 못하니까요. 그것은 비옥해질 수 없습니다. 그런 작품은 당장 하루나 이틀 정도는 빛나고 효과적이며 대단한 힘을 지닌 걸작처럼 보일지 모르나, 해 질 녘이면 시들어버립니다. 그 작품은 다른 사람의 마음속에서 자라날 수 없습니다. 예술 작품을 만들려면 먼저 마음속에서 여성성과 남성성이 힘을 합쳐야 합니다. 마음속에서 두 개의 성이 첫날밤을 치러서 완전한 결합을 이뤄야 합니다. 작가가 독자에게 자신의 경험을 충실하게 전달하려면 마음을 활짝 열어야 합니다. 거기에는 자유가 있고, 또 평화가 있어야 합니다. 바퀴가 삐걱거리거나 빛이 깜박여도 안 됩니다. 커튼을 완전히 닫아야 합니다. 작가는 그 일을 치르고 나면 누워서 자기 마음이 어둠 속에서 결혼식을 축하하도록 놔둬야 합니다. 지금 무슨 일이 일어나고 있는지 보거나 질문을 해서도 안 됩니다. 오히려 장미 꽃잎을 따거나 백조들이 유유히 강물에 떠가는 것을 지켜보아야 합니다. 나는 다시 그 보트와 대학생과 낙엽을 싣고 가던 강의 흐름을 보았습니다. 그리고 택시가 그 남자와 여자를 태워 갔다고 생각하면서 그들이 함께 길을 가로질러 왔고, 그 흐름이 다시 그들을 데려가 거대한 물결 속으로 흘러갔다고 생각하며 멀리서 들리는 런던의 차 소리를 들었습니다.

자, 여기서 메리 비턴은 말을 멈추었습니다. 그녀는 픽션이나 시를 쓰려면 1년에 500파운드의 돈과 문에 자물쇠를 채울 수 있는 방이 필요하다는 결론—평범한 결론이지요—에 어떻게 도달하게 되었는지를 여러분에게 이야기했습니다. 이런 결론에 이르게 된 생각과 인상들을 털어놓으려고 애썼습니다. 그녀는 교구 직원과 실랑이를 벌이고, 여기서 점심을 먹고, 저기서 저녁을 먹고, 대영박물관에서 낙서를 하거나, 책장에서 책을 꺼내며 창밖을 내다본 자신의 여정에 동행해달라고 독자 여러분에게 요청했습니다. 그녀가 이런 일들을 하는 동안 여러분은 분명 그녀의 결점과 단점을 주시하면서 이런 단점들이 그녀의 견해에 어떤 영향을 미쳤는지 판단했을 겁니다. 그녀의 의견을 반박하고 여러분 나름의 의견을 덧붙이거나 추론했겠지요. 당연한 일입니다. 왜냐하면 이러한 문제에서 진실이란 여러 가지 그릇된 의견들을 모아서 비교한 후에야 얻을 수 있기 때문입니다. 이제 나는 여러분이 제기하지 않을 수 없을 정도로 분명한 비판 두 가지를 자발적으로 거론하면서 이 글을 끝내겠습니다.

여러분은 제가 남녀 두 성의 상대적인 장점에 대해, 심지어 남녀 작가들의 상대적인 장점조차 거론하지 않았다고 지적하겠지요. 그것은 의도적인 것이었습니다. 왜냐하면 그러한 가치 평가를 할 수 있는 시대가 온다 하더라도—각 성이 지닌 능력에 대한 이론을 세우는 것보다는 여성에게 돈이 얼마나 있고, 방은 몇 개나 있는지를 아는 것이 현재로서는 훨씬 더 중요합니다—심지어 그런 시대가 왔다고 해도, 나는 정신적 재능이나 기질이 설탕과 버터처럼 저울질할 수 있는 것이라고는 생각하지 않습니다. 사람들을 등급으로 나누어 머리에 모자를 씌우고 그들의 이름에 칭호를 붙이는 데 능숙한 케임브리지 대학에서도 마찬가지입니다. 휘터커의 《연감》에서 찾아볼 수 있는 계층의 순위도 궁극의 가치 서열을 표현한다고 믿지 않습니다. 또한 만찬 파티에 들어갈 때 바스 훈장을 단 지휘관이 정신병원 원장보다 나중에 들어갈 거라고 단정하는 데도 타당한 이유가 있다고 믿지 않습니다. 이와 같이 한 성을 다른 성에, 한 가지 자질을 다른 자질과 겨루게 하고, 스스로가 우월하다고 주장하며 상대가 열등하다고 비난하는 행위들은 인간의 삶에서 사립학교 단계에나 속하는 것입니다. 그 단계에서는 '두 개의 편'이 있으며, 한 편이 다른 편을 이겨야 하고, 연단에 올라가서 교장 선생님이 직접 주는 화려한 우승배를 받는 일이 가장 중요해 보입니다. 그러다 사람들은 성인이 되면서 양편이라든가 교장 선생님 혹은 화려한 우승배의 가치를 믿지 않게 됩니다. 어쨌거나 책에 관한 한, 책의 장점을 기록한 꼬리표를 떨어지지 않게 붙이는 건 어마어마하게 어렵습니다. 현대 문학에 대한 평론들이 그런 평가의 어려움을 보여주는 예로 끊임없이 등장하고 있지 않나요? 똑같은 책 한 권을 "이 위대한 저서"라고 불렀다가 "아무 가치도 없는 책"이라고 깎아내립니다. 칭찬이나 비난이나 아무 의미가 없습니다. 아니, 책의 가치를 평가하는 일이 아무리 재미있는 취미라 해도 그것은 더없이 무익한 일이며, 그런 평가자들의 결정에 복종하는 것은 작가로서 가장 굴욕적인 일입니다. 여러분이 쓰고 싶은 것을 쓰는 것, 그것이 중요하지, 그 책이 오랫동안 중요하게 여겨질지 아니면 몇 시간 만에 잊힐지는 아무도 예측할 수 없습니다. 그러나 단지 은제 우승배를 들고 있는 교장 선생님이나 당신을 평가하기 위한 자를 소매에 꽂고 있는 교수의 뜻에 따라 당신의 비전을 머리카락 한 올이라도 뽑거나, 그 빛깔의 색조를 조금이라도 흐린다면, 그것은 가장 비굴한 배반입니다. 이에 비하면 인간에게 가장 큰 재앙이라 일컬어지는 재산과 정조의 희생은 그저 사소한 일일 뿐이지요.

다음으로, 지금까지 내가 한 이야기에서 물질의 중요성을 지나치게 강조했다는 이의를 제기할 거라고 생각합니다. 연간 500파운드란 오랫동안 생각에 잠길 수 있는 능력을 나타내며, 문에 달린 자물쇠는 스스로 사고할 수 있는 능력을 의미한다는 식으로 상징적인 해석을 하더라도, 여러분은 인간의 마음은 그런 물질적인 조건에 굴하지 않아야 하며, 위대한 시인들은 대개 가난한 사람들이었다고 반박할 겁니다. 그렇다면 시인이 되기 위해 뭐가 필요한지를 나보다 더 잘 알고 있는 여러분의 문학 교수가 한 말을 인용하겠습니다. 아서 퀼러쿠치 경은 이렇게 썼습니다.[67]

"지난 100년 동안 나온 위대한 시인들은 누구인가? 콜리지, 워즈워스, 바이런, 셸리, 랜더, 키츠, 테니슨, 브라우닝, 아널드, 모리스, 로세티, 스윈번…… 여기서 멈춰도 될 것이다. 이들 중에서 키츠와 브라우닝, 로세티를 제외하곤 모두 대학을 나왔고, 이들 셋 중 요절한 키츠

67 [원주] 아서 퀼러쿠치, 《글쓰기의 기술》.

만이 유일하게 부유하지 않은 시인이었다. 이런 말을 한다는 건 잔인하고 서글프게 들릴지도 모른다. 하지만 이것은 엄연한 사실로, 시적 재능이 마음대로 바람처럼 불어가 빈자에게나 부자에게 똑같이 내려앉는다는 주장은 진실이 아니다. 이 열두 명 중에서 아홉 명이 대학을 나왔고, 이는 그들이 어떤 식으로건 영국 최고의 교육을 받을 수 있는 수단을 획득했다는 사실을 의미한다. 또한 나머지 세 명 중에서 브라우닝은 모두 알다시피 집안이 부유했다. 그렇지 않았더라면 그는《사울》이나《반지와 책》을 쓰지 못했을 것이다. 마찬가지로 러스킨도 아버지의 사업이 번창하지 않았더라면《현대 화가들》을 쓸 수 없었을 것이다. 로세티는 적지만 개인 수입이 있었고, 게다가 그림을 그렸다. 키츠만 남았는데 운명의 여신은 젊은 그를 살해했다. 정신병원에서 죽은 존 클레어나 낙심한 마음을 달래려고 상용한 아편에 목숨을 빼앗긴 제임스 톰슨처럼 말이다. 이런 것들은 끔찍한 사실이지만 직시하기로 하자. 영국의 어떤 결함으로 인해 현대뿐 아니라 지난 200년 동안에도 가난한 시인들은 지극히 적은 기회조차 얻을 수 없었다는 점은, 국민으로서 대단히 불명예스러운 일이지만, 명백한 사실이다. 내 말을 믿어야 한다(나는 약 320개의 초등학교를 관찰하면서 족히 10년을 보냈다). 우리는 민주주의를 씨부렁거리지만, 실제로 영국의 가난한 집 아이들이 가난에서 해방돼 지적 자유 속에서 위대한 작품들을 만들어낼 희망은 아테네 노예의 아들만큼이나 없다."

어느 누구도 이 문제를 이보다 명쾌하게 지적할 수 없을 겁니다. "현대뿐 아니라 지난 200년 동안에도 가난한 시인들은 극히 적은 기회조차 얻을 수 없었다…… 영국의 가난한 집 아이들이 가난에서 해방돼 지적 자유 속에서 위대한 작품들을 만들어낼 희망은 아테네 노예의 아들만큼이나 없다." 바로 이겁니다. 지적 자유는 물질적인 환경에 달려 있습니다. 시는 지적 자유에 달려 있지요. 그리고 여성은 그저 200년 동안이 아니라 태초부터 항상 가난했습니다. 여성은 아테네 노예의 아들들보다도 지적 자유가 없었습니다. 그래서 여성에게는 시를 쓸 수 있는 일말의 기회도 없었던 겁니다. 그래서 내가 돈과 자기만의 방을 그토록 강조한 것입니다. 하지만 우리가 좀 더 많이 알았으면 싶은 과거 무명 여성들의 노력 덕분에, 그리고 신기하게도 두 차례의 전쟁 덕택에, 즉 플로렌스 나이팅게일을 거실에서 뛰쳐나오게 했던 크림전쟁과 약 60년 후 평범한 여성들에게도 문을 열어준 유럽전쟁으로 인해 이러한 해악은 개선되고 있습니다. 그렇지 않았다면 여러분은 오늘 밤 여기 모일 수 없었을 것이며, 여러분이 연간 500파운드를 벌 수 있는 기회는, 유감스럽게도 지금도 불확실하긴 하지만, 극히 적었을 것입니다.

하지만 여성이 책을 쓰는 일을 왜 그렇게 중시하느냐고 여러분은 의문을 제기할지도 모르겠습니다. 나의 말에 따르면, 책을 쓰려면 엄청나게 노력해야 하고, 어쩌면 숙모를 살해하게 될지도 모르며, 오찬 모임에 거의 틀림없이 지각하게 만들고, 아주 좋은 사람들과 심각한 논쟁을 벌이게 될 테니 말입니다. 나도 인정하지만 내 동기의 일부는 이기적입니다. 대다수 교육받지 못한 영국 여성들처럼 나도 책 읽기를, 아주 많이 좋아합니다. 최근에 나의 식단은 조금 단조로웠습니다. 역사는 전쟁에 관해서 너무 많이 다뤘고 전기는 위인들에 관한 것이 너무 많았습니다. 내 생각에, 시는 빈곤해지는 경향을 드러냈고 소설은…… 그러나 현대 소설의 비평가로서 나의 무능함이 충분히 드러났으니 그것에 대해서는 더 이상 이야기하지 않겠습니다. 그래서 여러분에게 아무리 사소하거나 아무리 방대한 주제라도 주저하지 말고 어떤 종류의 책이든 쓰라고 권하고 싶습니다. 무슨 수를 써서라도 여행하고 빈둥거리고, 세계의 미래나 과거를 생각해보고, 책을 읽고 상상하고 길거리를 무작정 걸어보고, 사고의 낚싯줄을 흘러가는 물에 깊이 담글 수 있을 정도로 충분한 돈을 여러분이 가져보길 바랍니다. 픽션에만 여러분의 영역을 국한시키는 건 결코 아니니까요. 여러분이 나를(나와 같은 사람이 수천 명이나 있습니다) 기쁘게 해주고 싶다면, 여러분은 여행과 모험, 연구서와 학술서, 역사와 전기, 비평과 철학, 과학에 대한 책들을 쓸 것입니다. 그런 식으로 여러분은 분명 픽션에도 도움이 될 겁니다. 책이란 서로에게 영향을 미치기 마련이니까요. 픽션이 시나 철학과 빰이 맞닿을 정도로 가까워지면 훨씬 좋아질 겁니다. 게다가 사포와 무라사키 부인,[68] 에밀리 브론테 같은 과거의 위대한 인물들을 생각해보면, 그들은 창작자인 동시에 후계자이며, 앞선 여성들이 자연스럽게 글을 쓰는 습관을 들였기 때문에 그들이 존재할 수 있었음을 알게 될 것입니다. 그러니 시를 위한 전주곡으로라도 여러분의 그런 역할은 아주 유용한 가치가 있을 겁니다.

그러나 내가 쓴 이 기록을 돌이켜보고 내 생각의 흐름을 평가해볼 때, 나의 동기가 전적으로 이기적이지만은 않았음을 깨닫게 됩니다. 이 논평들과 종잡을 수 없는 이야기들 사이에는 어떤 확신—혹은 본능일까?—이 흐르고 있습니다. 즉 좋은 책이란 가치가 있는 것이며, 좋은 작가들은 비록 그들이 인간적으로는 갖가지 비행을 드러낸다 해도 좋은 인간이라는 겁니다. 그래서 내

68 고대 그리스의 여성 시인 사포와, 고대 일본의 여성 작가 무라사키 시키부.

가 여러분에게 더 많은 책을 쓰라고 권하는 것은 여러분 자신과 세계 전반에 이로운 일을 하라고 설득하는 것입니다. 이러한 본능이나 믿음이 옳다는 점을 어떻게 입증할 수 있을지 모르겠습니다. 대학에서 교육을 받지 못한 사람이 쓰기에 철학적 용어는 스스로를 기만하기 쉬우니까요. '리얼리티'란 무슨 의미일까요? 그것은 변덕스럽고, 신뢰할 수 없는 것처럼 보일 겁니다. 때로 먼지가 자욱한 길에서, 가끔은 거리에 떨어져 있는 신문지 쪼가리에서, 또 어쩌다가는 햇볕을 쬐고 있는 수선화에서 리얼리티를 발견할 수 있겠지요. 그것은 또한 방에 모여 있는 사람들을 비춰주고, 우연한 말 한마디에 강한 인상을 받게 하기도 합니다. 그것은 별빛 아래에서 집으로 돌아가는 누군가를 매료시키며 그 고요한 세계를 언어의 세계보다 더 현실적으로 만들어줍니다. 또한 그것은 떠들썩한 피커딜리 거리를 달리는 버스 안에도 존재합니다. 때로 그것은 너무 멀리 있어서 그 본질이 무엇인지 분간할 수 없는 형체들 속에 있는 것 같습니다. 그러나 리얼리티의 손길이 닿은 것은 뭐든 고정돼서 영원해집니다. 그것이야말로 하루의 껍질을 울타리 밖으로 던질 때 뒤에 남는 것이고, 지나간 시간과 우리의 사랑과 증오에서 남은 것입니다. 내가 생각하는 작가란 이 리얼리티 속에서 다른 사람들보다 더 많은 삶을 살 수 있는 기회를 가진 사람입니다. 리얼리티를 찾아서 수집하고 그것을 다른 사람들에게 전하는 것이 작가의 의무입니다. 《리어 왕》, 《에마》 또는 《잃어버린 시간을 찾아서》를 읽으며 나는 최소한 그렇게 추론했습니다. 이런 책들을 읽고 나면 신기하게도 감각기관에 수술을 받은 듯 세상이 그 덮개를 벗어버리고 더 강렬한 삶을 드러내는 듯합니다. 비현실성과는 일절 상대하지 않고 사는 사람은 부러워할 만한 사람들입니다. 반면 알지도 못하고 관심도 없는 일로 뒤통수를 맞은 사람은 불쌍한 사람들입니다. 그러므로 내가 여러분에게 돈을 벌고 자기만의 방을 가지라고 할 때는, 여러분에게 리얼리티가 있는 인생, 현실적인 인생을 살라고 말하는 겁니다. 그러면 여러분의 인생은 활기가 넘칠 겁니다.

여기서 이만 멈추고 싶지만, 모든 강연은 결론을 내

고 끝내야 한다는 관습이 압박을 가해오네요. 여성들을 대상으로 한 강연에서 결론이란, 여러분도 동의하겠지만, 특히 여성들을 정신적으로 자극하고 고양시키는 뭔가가 있어야겠지요. 나는 여러분에게 여러분의 책무를 기억하고, 더 원대하고 정신적인 책무를 수행해달라고 간청할 것입니다. 또한 여러분에게 의지하고 있는 것이 얼마나 많은지, 여러분이 미래에 어떤 영향력을 행사할 수 있는지 환기시켜야겠지요. 그러나 이런 권고들은 남성의 몫으로 남겨도 무방할 것 같습니다. 그들은 내가 할 수 있는 것보다 훨씬 더 유창한 웅변으로 그 뜻을 표현할 것이고, 지금까지 그렇게 해왔으니까요. 내 마음속을 샅샅이 뒤져보아도, 나는 남성의 동지라든가 남성과 대등한 사람이 돼서 더 높은 목적을 위해 세상에 영향을 끼치려는 고결한 생각은 없습니다. 나는 그저 다른 무엇이 아닌 자기 자신이 되는 것이 훨씬 중요하다고 단조롭게 중얼거리고 있는 걸 깨달았습니다. 다른 사람들에게 영향을 미치겠다는 생각은 아예 하지 말아요, 라고 나는 말할 겁니다. 그 말을 고상하게 표현할 수 있다면 말이지요. 항상 본질을 생각해야 합니다.

나는 신문과 소설, 전기 들을 띄엄띄엄 읽으면서, 여성이 다른 여성에게 이야기할 때 뭔가 불쾌한 의도를 숨겨두고 있다는 통념을 또다시 떠올리게 됩니다. 여성은 여성에게 가혹합니다. 여성은 여성을 싫어하지요. 여성은…… 그런데 여러분은 그 단어에 진절머리가 나지 않습니까? 나는 그렇다고 단언할 수 있습니다. 그렇다면 한 여성이 다른 여성에게 읽어주는 강연문은 특히 불쾌한 이야기로 끝나야 한다는 점에 동의하도록 합시다.

그러나 어떻게 해야 할까요? 내가 무엇을 생각할 수 있을까요? 사실, 나는 대개 여성을 좋아합니다. 나는 그들이 관습에 얽매이지 않는 점을 좋아합니다. 그들의 미묘함을 좋아합니다.[69] 그들의 익명성을 좋아하지요. 또…… 하지만 이런 식으로 계속해서는 안 되겠지요. 저기 있는 벽장에, 여러분은 깨끗한 식탁보만 들어 있다고

69 울프는 이후 증쇄 과정에서 이 문장의 "미묘함"이라는 단어를 "완전함"으로 수정했다.

하지만, 만약 아치볼드 보드킨 경[70]이 그 안에 숨어 있다면 어찌 될까요? 그러니 좀 더 엄격한 어조로 말하겠습니다. 내가 앞에서 남성들의 경고와 질책을 충분히 여러분에게 전달했습니까? 오스카 브라우닝 씨가 여러분을 상당히 낮게 평가했다는 것을 전해드렸죠? 나폴레옹은 예전에 여러분에 대해서 어떻게 생각했는지, 무솔리니는 지금 어떻게 생각하는지 표현했습니다. 그리고 여러분이 픽션을 쓰고자 열망하는 경우 여러분에게 도움이 되도록 여성이라는 성의 한계를 용감하게 인정하라는 비평가의 충고도 그대로 옮겨 왔습니다. X교수를 언급했고, 여성은 지적으로, 윤리적으로, 육체적으로 남성보다 열등하다는 그의 진술을 특별히 신경 써서 제시했습니다. 굳이 찾으러 다니지 않아도 나에게 들어온 모든 말을 여러분에게 전달했습니다. 그리고 여기에 존 랭던 데이비스 씨가 보내온 마지막 경고가 있습니다.[71] 존 랭

70 《고독의 우물》을 기소한 검찰국장.

71 [원주] 존 랭던 데이비스, 《여성의 짧은 역사》.

던 데이비스 씨는 여성들에게 이렇게 경고하지요. "아이가 더 이상 귀엽지 않을 때, 여성도 쓸모없는 존재가 된다." 여러분이 이 말을 꼭 적어놓기 바랍니다.

여러분에게 이보다 더 어떻게 자신의 일에 매진하라고 격려할 수 있을까요? 젊은 여성분들, 이제 결론이 나오고 있으니 집중해주십시오. 내 생각에, 여러분은 창피할 정도로 아는 게 없습니다. 여러분은 어떤 종류이건 중요한 것을 발견한 적이 단 한 번도 없습니다. 여러분은 제국을 뒤흔들거나 군대를 이끌고 출전한 적도 없습니다. 셰익스피어의 희곡은 여러분이 쓴 것이 아니며, 여러분은 야만인들에게 문명의 축복을 소개하지도 않았습니다. 여러분은 뭐라고 변명할 겁니까? 여러분은 분주하게 무역과 사업 또는 구애에 몰두하고 있는 흑인, 백인, 커피색 피부의 주민들로 꽉 차 있는 지구의 거리와 광장과 숲을 가리키면서, 우리는 다른 일을 맡고 있었다고 말하겠지요. 우리가 일하지 않았더라면 대양을 항해하는 일도 없었을 것이고 이 비옥한 땅들은 황무지였을 거라고요. 통계에 따르면 현재 존재하는 16억 2천 3백만의 인간들을 우리가 낳았고 예닐곱 살까지 기르고 씻기고 가르쳤습니다. 누군가의 도움을 받았다 해도 상당한 시간이 걸리는 일입니다.

여러분의 말에는 진실이 담겨 있습니다. 그것을 부정하려는 것은 아닙니다. 하지만 동시에 1866년 이래 영국에는 여성을 위한 대학이 적어도 두 곳 존재해왔으며, 1880년 이후에는 기혼 여성이 재산을 소유하도록 법적으로 허용되었고, 1919년—정확히 9년 전이군요—에 여성이 투표권을 받았다는 사실을 상기시켜드리겠습니다. 또한 대부분의 전문직이 여러분에게 개방된 지 거의 10년째 되어간다는 사실도 상기시켜드릴까요? 여러분이 이 막대한 특권들과 그것들을 누릴 수 있었던 기간을 심사숙고해보고, 이 순간에도 이러저런 방법으로 연간 500파운드 이상을 벌 수 있는 여성이 약 2만여 명 있다는 사실을 생각해보면, 기회가 부족하고 훈련이나 격려를 받지 못했으며 한가로운 시간과 돈이 없다는 변명은 더 이상 통하지 않는다는 사실에 동의할 겁니다. 게다가 경제학자들은 시턴 부인이 아이를 너무 많이 낳았다고 말합니다. 물론 여러분도 계속 아이를 낳아야겠지요. 하지만 그들이 말하기로는 열이나 열두 명이 아니라 둘이나 셋이어야 한다는군요.

그리하여 여러분에게 생긴 얼마간의 시간과 머릿속에 쌓인 학식으로—여러분은 다른 종류의 지식은 충분해서, 아마 추측건대, 부분적으로는 그런 지식을 털어버리기 위해 대학에 보내집니다—여러분은 분명 매우 길고, 매우 고되며, 또한 대단히 모호한 경력의 또 다른 단계에 착수해야만 합니다. 여러분이 해야 할 일과 어떤 영향력을 미쳐야 할지를 알려주려고 수천 개의 펜이 대기 중입니다. 이런 나의 제안이 다소 환상적이라는 건 인정합니다. 그래서 픽션의 형식으로 표현하는 걸 선호하지요.

이 글의 중간쯤에서 셰익스피어에게 누이가 있었다고 제가 말했습니다. 그러나 시드니 리 경[72]이 쓴 시인의 삶에서 그녀를 찾지 마십시오. 그녀는 젊은 나이에

72 울프 당대의 전기작가, 비평가.

세상을 떠났고, 안타깝게도 글 한 줄 쓰지 못했습니다. 그녀는 지금 엘리펀트앤드캐슬 맞은편 버스 정류장에 묻혀 있지요. 이제 나는 글 한 줄 쓰지 못한 채 교차로에 묻힌 이 시인이 아직 살아 있다고 믿습니다. 그녀는 여러분과 내 안에, 오늘 밤 설거지하고 아이들을 재우느라 이곳에 오지 못한 많은 여성들 속에 살아 있습니다. 반드시 그녀는 살아 있습니다. 위대한 시인은 죽지 않으니까요. 그들은 이어지는 존재들입니다. 그저 육신을 갖고 우리 사이를 걸어 다닐 기회가 필요할 뿐입니다. 이제 여러분의 힘으로 그녀에게 이런 기회를 줄 수 있는 시기가 다가오고 있습니다. 우리가 앞으로 100년 정도 살게 되고—개인적으로 살아가는 각자의 짧은 인생이 아니라 진정한 삶이라 말할 수 있는 공동의 삶 말입니다—각자 연간 500파운드의 수입과 자기만의 방을 가진다면, 그리고 우리가 생각하는 것을 정확하게 표현할 수 있는 용기와 자유의 습관을 가지게 된다면, 우리가 공동 거실에서 잠시라도 벗어나 인간을 관계로서만이 아니라 리얼리티와 관련해 바라본다면, 하늘이건 나무건 그 밖의 무엇이건 사물을 그 자체로 보게 된다면, 만약 밀턴의 유령 너머를 볼 수 있게 된다면(그 누구도 시야를 가로막혀서는 안 되므로), 의지할 팔이 없지만 홀로 나아가고 우리가 남자와 여자의 세계만이 아니라 리얼리티의 세계와 관계를 맺고 있다는 사실을(그것이 사실이니까) 직시하게 된다면, 그때 비로소 기회가 다가오고 셰익스피어의 누이였던 그 죽은 시인은 그렇게 자주 포기했던 육신을 걸칠 것입니다. 그녀의 오빠가 그랬듯이, 그녀는 선구자들이었던 무명 시인들의 삶에서 자신의 생명을 이끌어내 태어날 것입니다. 그러한 준비 작업 없이, 우리의 노력 없이, 그녀가 다시 태어났을 때 살아갈 수 있고 시를 쓰는 것이 가능하다는 걸 깨닫게 하겠다는 결단 없이, 그녀가 오기를 기대할 수는 없습니다. 그건 불가능하니까요. 하지만 우리가 그녀를 위해 일한다면 그녀는 올 것이고, 비록 무명의 가난한 존재로 살더라도 그 목적을 위해 일하는 것은 가치 있다고 주장합니다.

작품 해설

왜 지금 《자기만의 방》을 읽어야 하는가

박산호(번역가, 작가)

1

버지니아 울프가 1928년 10월 케임브리지 대학교의 여자 대학인 거턴 칼리지에서 한 '여성과 픽션'에 관한 강연을 바탕으로 대략 90년 전에 출간된 이 에세이 《자기만의 방》(1929)을 왜 현대를 살아가는 우리가 읽어야 할까? 페미니즘의 고전이자 교과서로 추앙받는 책이라서? 고전은 시간이 흘러도 변함없이 밝게 빛나는 빛으로 시대의 어둠을 비추기 때문에? 시대를 초월해 지금 이 시대를 살아가는 사람들에게 시의적절한 메시지를 던지고 있어서?

어쩌다 보니 의도치 않게 질문으로 이 에세이의 해설

을 시작했다. 사실 내가 던진 질문에 대한 답을 찾자면 위에 적은 세 가지 다 해당될 수 있겠지만 번역자인 나 개인적으로는 아마도 울프가 이 글을 쓸 때 가장 힘주어 눌러썼을 '리얼리티'라는 단어, 즉 현실성이 답일 거라고 생각한다. 리얼리티를 그녀만의 용어로 해석한 결과가 '자기만의 방'과 '연간 500파운드의 수입'이었고, 이 명제는 지금도 우리에게 대단히 유효하니까. 그렇다면 울프는 왜 여성에게 이 두 가지가 꼭 필요하다고 주장했을까?

처음 강연의 주제인 '여성과 픽션'을 주최 측으로부터 받았을 때 울프는 망설이며 고민한다. 과연 '여성과 픽션'이란 말은 무엇을 의미하는 것일까? 결국 그는 당시로서는 도발적으로 보일 수 있는 주장을 펼친다. 여성이 픽션을 쓰려면 돈과 자기만의 방이 있어야 한다는 의견을 제시한 것이다. 당시 수많은 장학금과 기금이라는 재력을 등에 업고 사회와 가정의 전폭적인 지지를 받으며 학문 연구에 몰두하는 남자들과 달리, 그 어떤 지원이나 후원도 받지 못한 채 힘겹게 머뭇머뭇 자신의 권리를 찾고 자신의 지위를 향상시키기 위해 노력하는 여성들을 격려하고 힘을 실어주려는 의도에서 자신이 생각한 문제의 핵심이자 답을 지적한 것이다.

2

그렇다면 울프가 어떻게 '자기만의 방'이라는 공간과 '연간 500파운드의 수입'이라는 물질로 제시한 답을 풀어갔는지 그 독창적이고 흥미로운 여정을 따라가보겠다. 먼저 이 문장으로 시작해보자.

> **잠긴 문 밖에 있는 것이 얼마나 불쾌한 일인가 생각하다가 어쩌면 잠긴 문 안에 있는 건 더 나쁠지도 모른다고 생각했습니다.**

울프는 여성과 픽션이란 주제에 대해 고민하다 무심코 대학의 잔디밭으로 들어가버리게 되고 그런 사소한 법칙 위반 때문에 교구 직원의 공격을 받는다. 사실 이 연구를 하는 내내 그런 식으로 계속 울프는 남성들의 거절과 냉대에 부딪친다. 한번은 교내 잔디밭에 들어갔다고 야단맞고,

또 한번은 교내 도서관에 들어가려 하지만 역시 퇴짜를 맞는다. 여성이 도서관에 들어가려면 대학 연구원과(그러니까 남성과) 같이 오거나 소개장을 들고 와야 한다는 말을 들으며.

울프가 허구의 이야기 속에서 제시한 이 두 개의 사건은 사실 그간 울프를 비롯한 수많은 여성들이 겪어온 가혹한 현실을 상징하고 있다. 울프는 1882년 1월 25일에 문학비평가 레슬리 스티븐과 줄리아 프린셉 잭슨 사이에서 태어났다. 양친 모두 첫 번째 결혼에서 배우자와 사별하고 거기서 낳은 자식들을 데리고 새로 가정을 꾸렸고, 버지니아 울프는 이 부부가 재혼해서 새로 낳은 자식 넷 중 셋째 딸이었다.

울프의 부모에 대해 읽어보면 흥미로운 점이 보인다. 부친인 레슬리 스티븐은 작가, 역사가, 에세이스트, 전기작가, 등산가라는 여러 개의 화려한 타이틀로 소개되지만 모친인 줄리아 프린셉 잭슨은 라파엘 전파 화가들의 모델로 명성을 날렸다는 간단한 소개만 나와 있다. 이 소개만 봐도 당시 남성의 사회생활과 여성의 사회생활(그런 게 있을 리 만무했지만)의 온도차를 극명하게 느낄 수 있다. 실제로 울프는 가상의 친구인 메리 시턴의 어머니를 통해 그 차이를 통렬하게 지적한다.

> **왜 남자들은 포도주를 마시고 여자들은 물을 마시는가? 왜 남성은 그렇게 부유하고 여성은 그다지도 가난한가? 왜 우리의 어머니들은 아버지들이 아들들이 다니는 대학에 기부했던 것처럼 이 여자대학에 2만 파운드나 3만 파운드를 기부하지 않았나? 왜 우리의 어머니, 할머니, 할머니의 어머니들은 남자들처럼 돈을 벌지 않고 게으르게 사치나 부렸을까?**

울프는 이 의문에 스스로 답한다. 우선 울프와 메리의 어머니가 살아가던 시절에 여자는 법적으로 재산을 소유할 수 없었다. 결혼 전에는 운 좋게 부잣집에서 태어나 풍족하게 살았더라도 결혼하는 순간 그녀가 가져온 지참금과 유산을 비롯한 모든 재산은 남편 것이 된다. 여성은 남성에게 종속된 존재니까.

무엇보다 여성은 남성처럼 밖에 나가서 일을 할 수 없었다. 받아주는 곳도 없을뿐더러 아이를 낳아 길러야 했으니까. 울프는 말한다. 대학에 기부를 하기 위해 재산을 모으면서 동시에 열세 명의 아이를 낳아 기르는 건 누구도 해낼 수 없는 일이라고. 설사 초인적인 노력과 지력을 동원해서 어찌어찌 돈을 벌었더라도 그 돈을 법적으로 소유할 수 없는 상황에서 그 누가 돈을 벌고 싶겠나. 육아와 집안일이란 거대한 산이 버티고 있는 현실은 잠시 외면하더라도 말이다. 그렇게 여성의 가난은 할머니에게서 어머니를 거쳐 손녀에게 이어져왔다. 울프는 그런 현실에 날카롭게 메스를 대면서 에세이 말미에 이렇게 묻는다.

여덟 명의 아이를 길러낸 여자 청소부는 10만 파운드를 버는 변호사보다 세상에 더 가치 없는 인물일까?

이는 현대인들도 결코 답하기 쉬운 문제가 아니다.

이렇게 경제적인 가난이 인간의 지력과 창작 활동에 미치는 영향을 울프는 오랫동안 영국의 학계에 헌신한 한 학자의 입을 빌려 말한다.

우리는 민주주의를 씨부렁거리지만, 실제로 영국의 가난한 집 아이들이 가난에서 해방돼 지적 자유 속에서 위대한 작품을 만들어낼 희망은 아테네 노예의 아들만큼이나 없다.

여기에 울프는 이렇게 덧붙인다. 아테네 노예의 아들들은 해방됐지만 여성은 아직 해방되지 않았다고. 그렇다면 과연 이 에세이가 세상의 빛을 본 지 90년이 지난 지금은 여성이 완전히 해방됐다고 자신 있게 말할 수 있을까?

가난은 결핍을 낳고 결핍은 박탈감을 낳고 박탈감은 소외감을 낳기 마련이다.

이를테면 화이트홀을 따라 걷다가 자신이 이 문명의 타고난 상속자가 아니라 그 반대로 문명 밖에 서 있는 이질적이고 비판적인 존재라는 사실을 깨닫게 되는 것처럼 말입니다.

이렇게 평생 자신을 거부하는 세상의 문 밖에, 문명 밖에 서서 끊임없는 거절과 가난과 비판에 시달려온 여성의 역사를 울프는 누구보다도 예리하게 직시한다.

그리고 말했다. 숙모의 유산이 자신의 지갑 속에서 지폐 몇 장으로 바뀌는 기적 덕분에 자신이 그 거대한 문명 위에 펼쳐진 푸른 하늘을 있는 그대로 바라보고 느낄 수 있어서 행복하다고. 울프는 그렇게 물질적 가난과 위세를 떨치는 가부장제의 정신적 억압에 위축되지 않고 마음껏 자신이 가진 모든 잠재력을 펼칠 수 있는 가능성을 여성이 누리길 원했기 때문에 그토록 '자기만의 방'과 '돈'의 중요성을 역설한 것이다. 이 점이 울프의 이 에세이가 시대를 뛰어넘어 그토록 사랑받는 이유일 것이다.

3

문학은 인간의 삶과 그 시대를 반영하는 동시에 인간의 삶에서 가장 핵심적인 가치와 그들이 발 딛고 살아가는 현실을 독자들에게 일깨워주는 기능도 품고 있어야 한다. '여성과 픽션'이라는 주제가 주어졌을 때 할 수 있는 이야기는 무궁무진하지만 울프가 이런 글을 쓴 이유는 그것이 실로 가장 현실적이면서 중요한 요소이기 때문이었다. 여성만의 공간과 돈이 나타내는 여성의 자유는 상징이자 현실이며, 인간의 본질이다. 그래서 이 에세이를 읽으면서 공감해서 눈물을 흘리거나, 감탄하거나, 열광하는 독자들이 많다는 건 역설적으로 울프의 시대가 지금 우리의 시대와 크게 다르지 않다는 의미이기도 할 것이다.

> **내가 여러분에게 돈을 벌고 자기만의 방을 가지라고 할 때에는, 여러분에게 리얼리티가 있는 인생, 현실적인 인생을 살라고 말하는 겁니다. 그러면 여러분의 인생은 활기가 넘칠 겁니다.**

울프는 또한 당대 독자들과 자신은 상상하지 못했던 미래의 독자들을 위해 다정하고 통찰력이 넘치는 말을 남겼다.

> **나는 그저 다른 무엇이 아닌 자기 자신이 되는 것이 훨씬**

중요하다고 단조롭게 중얼거리고 있는 걸 깨달았습니다. 다른 사람들에게 영향을 미치겠다는 생각은 아예 하지 말아요, 라고 나는 말할 겁니다.

1928년 울프는 이 에세이를 쓰면서 100년 후 여성들은 더 이상 보호받는 성이 아닐 것이고, 한때 그들을 받아주지 않았던 모든 활동과 힘든 작업에 참여할 것이라고 전망하고, 그렇게 바라는 마음을 표현했다. 그 100년에서 대략 10년이 모자란 2020년 현재 우리는 남자들보다 뛰어나고 솔직한 여성들을 미쳤다고 표현하는 사회에서 여성이 할 수 있는 일은 그저 주저하지 않고 앞으로 나아가며 그것이 여성의 저력이라는 걸 보여주자고 하는 나이키 광고와, 항상 감정을 통제하라고 다그치는 무술 스승의 대결 신청에 "당신에게 내 가치를 증명해 보일 필요는 없어!"라고 통쾌하게 한 방을 날리는 캡틴 마블의 시대에 살고 있다. 앞으로도 여성들에게 닫힌 모든 문이 활짝 열리는 날이 오기까지, 여성이 더 이상 성장할 수 없도록 가두고 있는 모든 유리천장이 사라지기까지 얼마나 오랜 시간이 걸

릴지 모르겠지만 중요한 사실은 여성들이 전진하고 있다는 것이다. 그리고 그 힘찬 앞길에 버지니아 울프의 《자기만의 방》이 언제나 멋진 한 권의 가이드가 되어줄 것이다. 그런 면에서 이 뛰어난 작품을 번역할 수 있어 영광이었다.

버지니아 울프
연보

1882 1월 25일, 런던 사우스켄싱턴에서 출생. 역사가이자 문예비평가인 아버지 레슬리 스티븐과, 라파엘 전기 화가들의 모델이던 어머니 줄리아 프린셉 잭슨 사이에서 네 남매 중 셋째로 태어남. 레슬리와 줄리아 모두 첫 배우자를 사별한 뒤의 재혼으로, 이전 결혼에서 레슬리는 딸 로라를, 줄리아는 조지, 스텔라, 제럴드 덕워스를 둠.

1891 2월, 버지니아의 언니 버네사를 중심으로 가족 신문인 〈하이드파크 게이트 뉴스〉를 간행. 처음에는 버네사와 오빠인 토비가 주로 글을 썼지만 곧 버지니아가 주요 필자가 됨. 어머니에게서 라틴어, 프랑스어, 역사를 배우고, 아버지에게서 수학을

배움. 발달장애가 있던 이복언니 로라가 가족을 떠나 시설에서 지내게 됨.

1895 어머니 줄리아가 유행성 감기에 걸려 사망. 13세의 버지니아는 '일생 최대의 불행'을 느낄 정도로 심한 충격을 받음. 그해 여름 처음으로 정신이상 증세가 나타남.

1897 7월, 어머니 대신 가정을 돌보던 이복언니 스텔라 덕워스가 사망하고 또다시 정신적인 충격을 받음. 런던 킹스 칼리지의 '여성들을 위한 교육기관'에서 고대 그리스어, 라틴어, 독일어, 역사를 수강함(1901년까지). 이 시기에 여성고등교육운동의 개척자이자 학자인 클라라 페이터와 역시 학자이자 여성권리운동가인 재닛 케이스, 릴리안 페이스풀 등과 알게 됨.

1899 오빠 토비가 케임브리지의 트리니티 칼리지에 입학, 그곳에서 클라이브 벨, 리턴 스트레이치, 색슨 시드니터너, 레너드 울프를 만나고, 버지니아와 버네사도 이들과 교유함. 매주 토요일 밤, 벨의 방에 모여서 문학과 정치를 논하는 '한밤중의 모임'이 시작됨.

1904 3월 22일, 아버지 레슬리 스티븐 사망. 이로 인해 두 번째 정신이상 증세를 보이고 5월 10일 최초 자살을 기도함. 네 남매가

켄싱턴에서 블룸즈버리의 고든 스퀘어로 이사, '한밤중의 모임'도 이곳으로 옮겨 오며 두 자매가 손님을 맞음. 〈가디언〉에 서평을 무명으로 실으면서 처음으로 글을 발표함.

1905 몰리 칼리지에서 노동자들을 위한 야간 수업 시작(1907년까지). 정기적으로 〈가디언〉과 〈타임스 리터러리 서플먼트〉에 논평을 기고함. 동생 에이드리언과 함께 스페인과 포르투갈 여행. 언니 버네사가 훗날 '블룸즈버리 그룹'의 전신이 되는 '금요일 모임' 시작.

1906 네 남매가 그리스 여행. 토비가 그리스 여행 중 걸린 장티푸스로 11월 사망.

1907 버네사와 클라이브 벨 결혼. 고든 스퀘어를 버네사 부부에게 남기고, 버지니아는 동생 에이드리언과 피츠로이 스퀘어로 이사. 화가 덩컨 그랜트, 경제학자 존 메이너드 케인스와 이웃으로 지내며 '금요일 모임'을 이은 '목요일 밤 모임' 시작, 이른바 '블룸즈버리 그룹'이 본격화됨. 《출항》의 초고인 〈멜림브로지아〉 집필 시작.

1908 버네사 부부와 함께 이탈리아 여행.

1909 2월 17일 리턴 스트레이치가 청혼했으나,

두 사람 다 그 결혼의 비현실성을 깨닫고 취소하기로 결정. 4월, 숙모인 캐럴라인 에밀리아 스티븐이 사망하면서 2,500파운드의 유산을 받음.

1910 화가이자 비평가인 로저 프라이가 블룸즈버리 그룹에 합류. 버지니아를 비롯한 블룸즈버리 그룹 멤버들이 에티오피아 황제 일행으로 변장하고 군함 드레드노트에 올랐던 사건이 기사화됨. 여성참정권 운동에 참여.

1911 터키 여행. 레너드 울프가 스리랑카에서 돌아옴. 11월, 동생과 함께 브런즈윅 스퀘어의 4층짜리 건물로 이사하고, 메이너드 케인스, 덩컨 그랜트, 레너드 울프와 함께 거주. 이 실험적인 거주 방식으로 논란이 되기도 함.

1912 레너드 울프가 버지니아에게 청혼하고, 처음엔 거절했으나 레너드의 계속된 구애에 8월 10일 결혼함.

1913 소비조합운동을 연구하는 레너드와 함께 리버풀, 맨체스터, 리즈, 요크 등 영국 북부 여행. 7월, 계속 건강이 악화되어 요양소에 입원. 9월, 수면제를 먹고 자살 시도.

1914 8월, 제1차 세계대전이 발발. 리치먼드의

호가스 하우스로 거처를 옮김.

1915	1월 1일, 다시 일기를 쓰기 시작해 죽기 나흘 전까지 계속함. 1월 25일, 서른세 번째 생일을 맞아 인쇄기를 구입. 첫 장편 《출항》이 이복오빠인 제럴드가 운영하는 덕워스 출판사에서 출간.	**《출항》**
1916	여성소비조합의 리치먼드 지부에서 연설.	
1917	남편 레너드와 함께 호가스 출판사를 설립, 여기서 남편과 함께 쓴 《두 편의 이야기》 출간.	**《두 편의 이야기》**
1919	호가스 출판사에서 캐서린 맨스필드의 《서곡》 출간에 이어 T. S. 엘리엇의 시들을 출간. 10월, 두 번째 장편 《밤과 낮》이 덕워스 출판사에서 출간.	**《밤과 낮》**
1920	옛 블룸즈버리 멤버들이 주축이 된 '회고록 모임' 시작. 세 번째 장편 《제이콥의 방》 집필.	
1921	호가스 출판사에서 단편집 《월요일이나 화요일》 출간, 이후 버지니아의 작품은 모두 호가스 출판사에서 출간됨. 《제이콥의 방》 집필 완료.	**《월요일이나 화요일》**
1922	《올랜도》의 모델이 된 여성 작가 비타 색	**《제이콥의 방》**

빌웨스트와 만남. 두 사람의 특별한 관계는 이후 평생 이어짐.《제이콥의 방》 출간.

1923 후일《댈러웨이 부인》이 되는 〈시간들〉 집필. 호가스 출판사에서 T. S. 엘리엇의 《황무지》 출간.

1924 태비스톡 스퀘어로 이사. 5월, 케임브리지 대학에서 현대 소설을 주제로 강연, 그 강연 원고를 정리해《베넷 씨와 브라운 부인》으로 출간. 10월,《댈러웨이 부인》 집필 완료.

《베넷 씨와 브라운 부인》

1925 평론집《보통의 독자》와 네 번째 장편《댈러웨이 부인》 출간.

《보통의 독자》
《댈러웨이 부인》

1926 《등대로》 집필 시작. 7월, 토머스 하디를 방문.

1927 가족의 봄 여행지인 남프랑스 카시스 여행.《올랜도》를 쓰기 시작함. 다섯 번째 장편《등대로》 출간.

《등대로》

1928 4월,《등대로》로 영국 작가를 대상으로 한 영어권 페미나상 수상. 10월, 케임브리지의 여성대학인 거턴과 뉴넘 칼리지에서 강연. 이때의 강연 원고를 고쳐 출간한 것이《자기만의 방》이 됨. 여섯 번째 장편《올랜도》 출간.

《올랜도》

1929 《자기만의 방》 출간. 원래 제목은 〈여성과 픽션〉이었음. 《자기만의 방》

1930 여성 오르가니스트 에설 스미스와 만나 우정을 나눔. 5월, 《파도》의 초고 완성.

1931 1월, 여성협회에서 〈여성의 전문직〉이란 제목으로 강연. 일곱 번째 장편 《파도》 출간. 《파도》

1932 산문집 《젊은 시인에게 보내는 편지》와 《보통의 독자 2》 출간. 11월 신작 〈파지터 가家〉 구상. 《젊은 시인에게 보내는 편지》 《보통의 독자 2》

1933 여성 시인 엘리자베스 브라우닝의 전기 《플러시》 출간. 《플러시》

1934 조지 덕워스 사망. 로저 프라이 사망. 〈파지터 가〉 집필 난조로 우울증을 앓음.

1935 〈파지터 가〉를 《세월》로 제목을 바꾸어 다시 씀.

1936 2월 9일 반파시스트 집회에 참석.

1937 여덟 번째 장편 《세월》 출간. 《로저 프라이 전기》와 《3기니》 구상 시작. 10월, 《3기니》 탈고. 《세월》

1938 《3기니》 출간. 스코틀랜드 여행. 〈포인츠 홀〉 집필 시작. **《3기니》**

1939 1월, 런던으로 망명한 지그문트 프로이트를 방문, 그의 작품들을 읽기 시작함. 9월 제2차 세계대전 발발로 런던 첫 공습.

1940 《로저 프라이 전기》 원고를 마저리 프라이와 버네사에게 보냄. 5월 브라이튼의 노동자교육연맹에서 강연. 런던 공습이 계속되고, 10월 런던의 자택이 불탐. **《로저 프라이 전기》**

1941 2월 〈포인츠 홀〉을 《막간》으로 개명하여 완성. 우울증이 심해짐. 3월 28일 우즈 강가로 산책 나간 후 돌아오지 않음. 강가에 지팡이와 신발 자국이 남아 있어 자살로 추정. 이틀 후 시신으로 발견됨. 7월 유작 《막간》 출간. **《막간》**

옮긴이 **박산호**

번역가이자 작가. 한양대학교에서 영어영문학을 공부하고 영국 브루넬대학교 대학원에서 영문학을 전공했다.《빨강머리 앤》《마거릿 대처 암살사건》《내가 없다면》《거짓말을 먹는 나무》《세계대전 Z》《사브리나》《인간으로 산다는, 그 어려운 일》 등 60여 종의 작품을 우리말로 옮겼으며, 저서로는《번역가 모모 씨의 일일》(공저)《어른에게도 어른이 필요하다》《단어의 배신》 등이 있다.

자기만의 방 버지니아 울프 미니 선집 1

2020년 8월 31일 초판 1쇄 인쇄
2020년 9월 18일 초판 1쇄 발행

지은이 | 버지니아 울프
옮긴이 | 박산호
발행인 | 윤호권 박헌용
책임편집 | 황경하

발행처 | (주)시공사
출판등록 | 1989년 5월 10일(제3-248호)

주소 | 서울시 서초구 사임당로82(우편번호 06641)
전화 | 편집 (02)2046-2817·마케팅 (02)2046-2800
팩스 | 편집·마케팅 (02)585-1755
홈페이지 | www.sigongsa.com

ISBN 979-11-6579-191-9 04840
979-11-6579-190-2 (set)

이 도서의 국립중앙도서관 출판예정도서목록(CIP)은 서지정보유통지원시스템 홈페이지(http://seoji.nl.go.kr)와 국가자료종합목록 구축시스템(http://kolis-net.nl.go.kr)에서 이용하실 수 있습니다. (CIP제어번호 : CIP2020035281)

우리 시대 가장 상징적인 이름이자
페미니즘과 모더니즘의 대표 작가

버지니아 울프 미니 선집